CHANTS

BIBLIQUES

par

L'ABBÉ J.-F. ANDRIEUX.

> Moïse, David et les prophètes s'élèvent
> à des hauteurs inaccessibles, tandis que
> Pindare et son disciple Horace ne font
> le plus souvent que se soutenir dans la
> région moyenne, entre le ciel et la terre.
> (Tissot, *de la Poésie*).

TOURS
IMPRIMERIE LADEVÈZE.
1858

CHANTS

BIBLIQUES

par

L'ABBÉ J.-F. ANDRIEUX.

Moïse, David et les prophètes s'élèvent
à des hauteurs inaccessibles, tandis que
Pindare et son disciple Horace ne font
le plus souvent que se soutenir dans la
région moyenne, entre le ciel et la terre.
(Tissot, de la Poésie).

TOURS
IMPRIMERIE LADEVÈZE.
1857

PRÉLUDE

BEAUTÉS DE LA BIBLE.

La Bible a des beautés à nulle autre pareilles,
Qu'elle soit le sujet assidu de vos veilles :
Méditez-la le jour, méditez-là la nuit ;
Vous en retirerez toujours un nouveau fruit.
Homère est moins profond, moins sublime est Pindare ;
La docte antiquité n'a rien qu'on lui compare.
Près du royal Prophète Horace est un enfant,
Le cygne de Mantoue est faible et languissant.
Démosthènes pâlit auprès de Jérémie ;
Et l'orateur romain, vaincu par Isaïe,
Ne vous paraîtra plus qu'un brillant discoureur,
Ayant dans ses écrits plus d'art que de vigueur.

C'est dans les purs filons de cette riche mine
Que le divin Platon a puisé sa doctrine.
Dans ces Sages fameux, ce qu'on trouve de bon,
Qui le leur a fourni? — La révélation.
Ils n'ont jamais produit, comme venant d'eux-mêmes,
Que des erreurs sans nombre et d'absurdes systèmes.
Sitôt que les quittait la divine clarté,
Ils marchaient à tâtons, cherchant la vérité.
Que peut l'homme borné si la foi ne l'éclaire
En portant devant lui son flambeau salutaire,
Pour diriger ses pas, au milieu de la nuit,
Vers le but inconnu que son âme poursuit?
Qui pourrait égaler Abraham et Moïse
Dans leur zèle fervent, et dans leur foi soumise?

Calme dans les revers sans en être abattu,
Qui n'a pas de Joseph admiré la vertu,
En voyant dans les fers languir son innocence,
Comme sa grandeur d'âme aux jours de sa puissance?
Et quel sensible cœur, du brave Jonathas,
N'a pas, avec David, déploré le trépas?
Au récit des malheurs du jeune-Roi-prophète,
Quand son cruel rival avait proscrit sa tête,
Qui ne s'est pas senti trembler sur son destin?

Est-il un noble cœur, des héros de Modin,
Qui n'ait pas applaudi la brillante épopée ?
Hé ! quelles mains jamais ont mieux porté l'épée !
Et qui, d'un bras plus fort, soutint un étendard ?
Qui n'a pas admiré la mort d'Éléazar ?
Qui n'a pas partagé ta pitié douloureuse,
Toi qui vis sans pâlir, ô mère courageuse !
Moissonner à la fois tes sept généreux fils,
Que ta voix soutenait dans les plus durs périls !

Le Testament-Nouveau n'a pas moins d'avantage.
Où, pour des faits si grands, un si simple langage ?
Où la pensée a-t-elle appris tant de grandeur ?
Qui sut mieux allier la pompe à la douceur ?
Que peut-on comparer à l'enfant du tonnerre,
A l'Aigle évangélique, au-dessus de la terre,
Dans son sublime essor, emporté vers les cieux,
Dont il vient dévoiler les secrets à nos yeux ?
Quoi de plus éloquent, dans son style énergique,
De plus serré que Paul dans sa dialectique ?
Il pousse, il presse, il frappe avec tant de vigueur,
Qu'il brise sans retour les armes de l'Erreur :

LIVRE DE JOB.

I.

Il fut un homme droit, craignant Dieu, sans malice ;
(Cet homme c'était Job, Hus était son pays),
Qui pratiquait le bien et fuyait l'injustice :
Il avait dix enfants, trois filles et sept fils.

Et Dieu l'avait comblé d'abondantes richesses :
Il comptait mille bœufs et trois mille chameaux,
Un nombreux domestique, avec trois cents ânesses :
Il était renommé chez les Orientaux.

L'usage de ses fils était que chaque frère
Recevait et traitait ses frères à son tour ;
Ils invitaient leurs sœurs à partager leur chère :
C'est ainsi qu'ils aimaient à se voir chaque jour.

Quand arrivait la fin de ces jours de délices,
Job envoyait quérir ses enfants aussitôt ;
Il les purifiait ; puis, par des sacrifices,
Pour eux, dès le matin, il calmait le Très-Haut.

Car son cœur paternel se disait à lui-même :
« Qui sait si mes enfants n'ont pas enfreint les lois,
Ou méprisé de Dieu la majesté suprême. »
C'était ainsi que Job agissait chaque fois.

Il arriva qu'un jour un grand cortége d'anges
En cercle était rangé près du trône de Dieu ;
Et, dans ce grand concours des célestes phalanges,
Il advint que Satan se trouvait au milieu.

Or, le Seigneur, ayant reconnu l'ange immonde,
L'apostrophe en ces mots : « Toi, Satan, d'où viens-tu ? »
Satan lui répondit : « Je viens de par le monde
De faire ma tournée, et j'ai tout parcouru. »

Et Dieu lui répartit : « As-tu vu sur la terre
Un homme comparable à Job, mon serviteur ?
Dans ses actes, toujours juste, droit et sincère,
Plein d'horreur pour le mal, et craignant le Seigneur ?

« Est-ce en vain, dit Satan, s'il vous reste fidèle?
Quels soins n'avez-vous pas pour lui, pour sa maison?
Fut-il, au grand jamais, prospérité si belle?
Ne voit-il pas son bien s'étendre outre raison?

« Que n'a pas fait pour lui votre faveur divine?
Mais étendez un peu contre lui votre bras,
A tout ce qu'il possède apportez la ruine,
Et vous verrez alors s'il ne vous maudit pas. »

Dieu donc dit à Satan : « Voilà que je te donne
Sur tout ce qu'il possède un pouvoir souverain ;
Mais tu respecteras seulement sa personne ;
Ne sois pas si hardi que d'y porter la main. »

Satan sort à ces mots. Un jour qu'à même table
Tous les enfants de Job dînaient chez leur aîné,
Il voit venir à lui, d'un air tout lamentable,
Un homme qui lui dit, d'un accent consterné :

«Job, vos bœufs labouraient; près d'eux paissaient vos ânes;
Des Sabéens venant, ils ont tout enlevé :
Tous vos gens sont tombés sous leurs lames traîtresses,
Et pour vous l'annoncer, seul je me suis sauvé. »

A peine a-t-il dit, qu'un autre lui vient apprendre :
« Seigneur, le feu du ciel tombant sur vos brebis,
Ainsi que sur vos gens, a tout réduit en cendre ;
Seul épargné, je viens vous en donner avis. »

Un autre arrive, et dit : « Divisés en trois bandes,
Les Chaldéens ont tous enlevé vos chameaux ;
Tous vos gens ont péri sous leurs armes brigandes ;
« Je suis seul échappé pour vous dire ces maux. »

Il n'avait pas fini, qu'accourt un quatrième,
Qui dit : « Tous vos enfants étaient chez leur aîné
Pour boire et pour manger ; tous, d'une joie extrême,
Ils se livraient ensemble au plaisir du diné :

« Du côté du désert, voilà que tout à l'heure
Un vent terrible fond et détruit la maison ;
Tous sont morts écrasés sous la même demeure ;
Moi seul j'ai survécu pour en rendre raison »

Alors Job, se levant, se prosterne par terre ;
Il adore et gémit, couvert d'un vil lambeau,
Disant : « Je suis sorti nu du sein de ma mère,
Et je rentrerai nu dans le sein du tombeau.

«Dieu m'avait tout donné; Dieu l'a voulu reprendre;
Soit fait son bon plaisir, que son nom soit béni. »
Job ne murmura point, il ne fit point entendre
Un blâme contre Dieu de ce qu'il l'eût puni.

II.

Or, il advint qu'en une autre occurrence,
Les Fils du Ciel entourant le Très-Haut,
Satan encor fit acte de présence ;
Dieu l'ayant vu lui demande aussitôt :

« Toi, d'où viens-tu? — J'ai parcouru la terre,
Répond Satan, et j'ai vu maint endroit.
— As-tu vu Job, ce serviteur sincère,
Répliqua Dieu, cet homme simple et droit?

« Craignant son Dieu, conservant la justice,
Faisant le bien et détestant le mal?
Que t'a servi contre lui ta malice?
Peut-on trouver au monde son égal? »

— « Ce n'est pas là chose bien inouïe ;
L'homme n'a rien de si cher que sa peau,
Répond Satan ; et le bien de la vie,
Sans contredit, est pour lui le plus beau :

« Mais, dit Satan, attaquez sa personne,
Frappez sa chair ; comme il vous maudira ! »
Et Dieu lui dit : — « Va, je te l'abandonne :
Quant à sa vie, on la respectera. »

Satan, parti, frappe Job d'un ulcère,
Du haut en bas le couvrant tout entier :
Lui, des fragments d'un pot cassé de terre,
Râclait le pus, assis sur un fumier.

« Persistes-tu toujours dans ta bêtise ?
Disait sa femme ; insulte Dieu ; puis, meurs. »
Job lui disait : « D'où vient cette sottise ?
Prenons de Dieu les maux et les faveurs. »

Ainsi toujours Job demeura fidèle.
Il arriva que trois de ses amis
Vinrent ensemble, animés d'un saint zèle,
Pour consoler cet homme si soumis.

Ils se nommaient, l'un, Baldad le Suhite ;
L'autre, Eliphaz, du pays de Théman ;
Et l'autre, enfin, Sophar, Naamathite :
D'aller voir Job ils avaient fait le plan.

En le trouvant aussi méconnaissable,
Tous à la fois ils poussèrent des cris,
Et dans les airs firent jaillir le sable
En déchirant tristement leurs habits.

Sept jours, sept nuits, assis en sa présence,
Tous trois, muets, contemplaient son malheur,
Sans s'efforcer de rompre le silence,
Tant était grand l'excès de sa douleur.

III.

Quelque temps absorbé dans sa douleur amère,
    Ne parlant que par ses sanglots,
Job, devant ses amis confus de sa misère,
    Laisse enfin échapper ces mots :

«Ah ! périsse à jamais le jour de ma naissance,
    Et la nuit où je fus conçu !
Et que ce jour, couvert d'une épaisse ignorance,
    Comme jour ne soit plus reçu !

Oui, du nombre des jours, qu'à jamais Dieu l'efface,
    Qu'il soit affreux comme mon sort !
Que la plus sombre nuit de son voile l'embrasse,
    Avec les ombres de la mort !

Que cette horrible nuit, au trouble destinée,
Morne, triste, objet de terreur,
N'entre plus dans le cours des mois, ni de l'année !
Qu'elle s'écoule dans l'horreur !

Qu'ils redoutent surtout sa fatale influence,
Les téméraires indiscrets,
Qui de Leviathan évoquent la science
Pour en tirer de vains secrets !

Et que du firmament la voûte étincelante
Se couvre d'un manteau de jais ;
Qu'elle attende le jour et l'aurore naissante,
Sans pouvoir les trouver jamais !

Que n'a-t-elle fermé, cette nuit malheureuse,
Le triste sein qui m'a porté !
Que n'a-t-elle englouti la route douloureuse
Que parcourt mon œil attristé !

Dans ce sein malheureux, même avant ma naissance,
Que n'ai-je rencontré la mort !
Et ce premier soleil, qui vit mon existence,
Que n'a-t-il terminé mon sort !

Pourquoi mon souffle a-t-il aspiré la mamelle ?
Pourquoi me reçut le berceau ?
Maintenant , à l'abri d'une paix éternelle ,
Je dormirais dans le tombeau !

J'y serais comme y sont ces maîtres de la terre ,
Qui dorment dans leur monument;
Ces Grands , ces Potentats dont le toit solitaire
Recèle un tas d'or et d'argent !

Ou , pareil à celui qui , sans venir au monde ,
Trouve la mort, simple avorton ,
Je serais descendu dans la tombe profonde
Avant même d'avoir un nom !

Là , de l'impie enfin se brise l'artifice ,
Et le glaive des conquérants :
Là , ceux qu'au même joug enchaîna l'avarice ,
Ne tremblent plus sous leurs tyrans !

Là , gisent confondus le sceptre du monarque
Et la houlette du berger !
Là , l'esclave affranchi ne porte plus la marque
Qui le soumit à l'étranger.

Pourquoi l'infortuné que la douleur consume
    A-t-il donc vu l'éclat du jour ?
Et celui dont le cœur est rempli d'amertume,
    Pourquoi l'admettre en ce séjour ?

La mort à leurs désirs est trop lente à se rendre ;
    Ils la cherchent comme un trésor :
Vient-elle du tombeau leur découvrir la cendre,
    Leur joie alors prend son essor.

Celui qui, dans le sein de profondes ténèbres,
    Au hasard dirige ses pas ;
Celui qui n'aperçoit que des objets funèbres,
    Quel bien a-t-il que le trépas ?

Avant que de pourvoir à ma lugubre vie,
    Je me livre aux déchirements ;
Et, comme le bruit sourd d'une mer en furie,
    S'exhalent mes gémissements.

Car, ce qui m'assiégeait de craintes et d'alarmes,
    Et glaçait mon âme d'effroi,
Ce qui fait aujourd'hui le sujet de mes larmes,
    Hélas ! tout a fondu sur moi !

N'ai-je pas à l'envie opposé l'indulgence?
Aux infortunes le repos?
Aux affronts, aux revers, le calme et le silence?
Et je suis accablé de maux! »

IV.

Alors, prenant la parole,
Eliphaz de Théman dit :
« Pardon du pénible rôle
Où ce discours nous réduit;
Mais enfin comment se taire
Au récit d'un tel discours,
Démenti si téméraire
De ceux de vos heureux jours?

Car à l'âme chancelante
Vous enseigniez la vertu;
Votre main compatissante
Soutenait l'homme abattu :
Mais sitôt que l'infortune
Vous fait sentir sa rigueur
Dans une plainte importune
S'exhale votre douleur.

Où donc est votre courage
Et votre crainte de Dieu ?
Et la conduite si sage
Que vous teniez en tout lieu ?
Considérez, je vous prie,
Si jamais l'on vit périr
Le juste qui s'humilie ?
Dieu daigne le secourir.

Voyez plutôt, au contraire,
Ceux qui font l'iniquité,
Et qui, semant la misère,
Récoltent la pauvreté :
De cette coupable engeance,
Dites-moi quel est l'état ?
C'est qu'au jour de sa vengeance
D'un souffle Dieu les abat.

Des lions et des lionnes
Le cruel rugissement,
De leurs fils les dents si bonnes
Se brisent en un moment :
Le tigre, faute de proie,
Aussi bien que ses petits,
Si Dieu ne la leur envoie,
Sont bien vite déconfits.

Permettez que je vous dise
Une révélation
Dont la voix, comme une brise,
Frappa mon audition :
C'était dans l'horreur d'un rêve,
Au milieu de mon sommeil ;
Soudain la peur me soulève,
Puis, un effroi sans pareil.

Le tremblement qui m'agite
Me pénètre jusqu'au fond ;
Comme une haleine subite
Vient à passer sur mon front ;
Et tout mon poil se hérisse ;
Puis, parut un inconnu,
Une ombre, un être factice,
Que je n'avais jamais vu :

Et j'entends, avec surprise,
Une voix, un petit bruit,
Comme celui d'une brise,
Qui me parvient et me dit :
« Quelle est donc la créature
Comparable au Créateur ?
Ou quelle est l'âme assez pure
Pour ressembler au Seigneur ?

Quand , même ne sont pas stables
Ceux qui sont dans son séjour,
Et qu'il trouve des coupables
Dans les anges de sa cour ,
Dis , dans sa prison d'argile ,
Que peut un être pervers
Qui n'est qu'une cendre vile ,
Comme un drap mangé de vers ?

La mort, prompte à les surprendre ,
Viendra du matin au soir ;
Comme aucun ne veut comprendre ,
Ils périront sans espoir :
Les rejetons de leurs races ,
Qu'après eux ils ont laissés ,
Partageront leur disgrâces ,
Et mourront en insensés.

V.

— Appelez donc à votre aide ,
Si mes dires semblent vains ,
Et cherchez quelqu'un qui plaide
Que c'est là le sort des saints !
Oui , l'insensé perd la vie
Par un furieux transport ;
Comme au faible c'est l'envie
Qui donne encore la mort.

Sur une base solide,
J'ai vu le fou, le front haut;
Voyant cet éclat perfide,
Je l'ai maudit aussitôt :
Car sa triste descendance
Sera loin de prospérer;
Et, réduite à l'indigence,
Nul n'ira la délivrer.

Un meurt-de-faim, sans nul doute,
Dévorera ses moissons;
Quelque détrousseur de route,
Venant piller ses maisons,
L'emmènera, sans vergogne,
Pour compléter ses larcins ;
Et le gosier d'un ivrogne
Sablera ses meilleurs vins.

Car, sur la terre où nous sommes,
Rien ne se fait par hasard ;
Le mal qui fond sur les hommes,
Ce n'est pas du sol qu'il part ;
Il vient de la Providence ;
L'homme est fait pour les travaux,
Dès l'instant de sa naissance,
Et, pour le vol, les oiseaux.

Mes vœux, mes discours, mes veilles
N'auront d'autre but que Dieu,
Lui qui sème les merveilles,
Les prodiges en tout lieu :
Lui qui rend la pluie à la terre
Pour féconder les sillons,
Qui conduit l'eau salutaire
Qui reverdit les vallons.

Par lui l'âme est consolée,
Et l'humble est comblé d'honneur ;
L'infortune désolée,
Par lui renait au bonheur ;
Il confond les injustices
Et les projets des méchants,
Et prend à leurs artifices
Les habiles intrigants.

En plein midi, dans les ombres,
Ils marcheront à tâtons ;
Leurs jours seront des nuits sombres,
Pendant qu'il sauve les bons
Des traits de leur médisance
Et de leurs coupables projets ;
Du pauvre il est l'espérance ;
Eux, ils resteront muets.

Trop heureux qui Dieu châtie !
Si donc il vous traite ainsi ,
Pourquoi le prendre à partie ?
S'il frappe , il guérit aussi :
Six fois si sa main suprême
Vient à s'étendre sur vous ;
S'il revient une septième ,
Son bras suspendra ses coups.

Sa main, pendant la famine,
Vous sauvera de la mort ;
Et, si le glaive extermine,
Vous n'en craindrez pas le sort :
Contre la langue indiscrète
Vous aurez de sûrs abris ;
La guerre ni la disette
Ne pourront troubler vos ris.

Mais des champs mêmes les pierres
Seront en paix avec vous,
Et les bêtes les plus fières
N'auront pour vous nul courroux ;
Vous verrez votre famille
Vivre en un calme parfait,
Et jamais votre œil tranquille
N'y surprendra de méfait ;

Mais vous la verrez s'étendre
Ainsi que l'herbe des champs ;
Quand il vous faudra descendre
Au sépulcre, dans son temps,
Ce sera comme se tire,
Quand il est bien mûr, le fruit.
J'ai dit ; je maintiens mon dire :
Faites-en votre profit. »

VI.

Puis ainsi Job recommence :
« Avec mes iniquités,
Puisse-t-on mettre en balance
Les maux qu'elles m'ont coûtés !

Ils l'emporteraient en nombre
Comme le sable des mers !
De là ces discours amers
Qu'exhale ma douleur sombre.

Sous la verge du Seigneur
Mes forces sont épuisées ;
Et ses flèches aiguisées
Me font trembler de terreur.

L'âne, repu dans la plaine,
Fait-il retentir les bois?
Du bœuf entend-on la voix
Devant une crèche pleine?

Si des apprêts n'y sont pas,
Une viande plaît-elle?
Ou peut-on goûter à celle
Qui donnerait le trépas?

Ce que ma délicatesse
N'aurait jamais pu souffrir,
Aujourd'hui, dans ma détresse,
Je consens à m'en nourrir.

Plût à Dieu que ma demande,
Sans plus tarder, s'accomplît,
Et que le Seigneur remplît
Mon attente la plus grande!

Après avoir commencé,
Qu'il achève ma ruine;
Et que, jusqu'à la racine,
Je sois du monde effacé!

Dans le mal qui me transporte,
Quel bonheur que la mort vînt,
De peur que je ne m'emporte
Contre les ordres du Saint !

Où trouverais-je la puissance
Pour combattre un mal si fort?
Où suis-je sûr de la mort,
Pour garder la patience?

Je n'ai pas un cœur de fer
Contre un mal aussi terrible,
Ou des membres de rocher
Qui m'y rendent insensible.

Je ne trouve plus en moi
Les forces si nécessaires;
Et mes amis mercenaires
S'en sont allés pleins d'effroi.

Celui qui, sourd à la plainte
D'un ami, ferme son cœur,
Assurément, du Seigneur,
Celui-là n'a pas la crainte.

1*

Mes plus proches, sans façon,
M'ont passé d'un pas agile,
Comme le torrent qui file
Et se perd dans le vallon.

Mais souvent, comme il arrive
Qu'on va de fièvre en chaud mal,
Bientôt du fleuve fatal
Ils auront franchi la rive.

Dans des sentiers souterrains
Passe leur course rapide ;
Mais ils marchent dans le vide,
Et leurs travaux seront vains.

S'il vous reste quelques doutes,
Voyez le chemin qui va
Vers Théman et vers Saba :
Combien fréquentent ces routes ?

Si quelques-uns sont venus,
Ont-ils rempli mon attente ?
Et ne sont-ils pas confus
De ma misère présente ?

Ils sont à peine arrivés,
Qu'importunés de ma plainte,
Les voilà remplis de crainte
Pour les maux qu'ils ont bravés.

Ai-je dit, dans ma misère :
— Faites-moi quelque présent,
Soit en or, soit en argent,
Ou de tout autre manière ?

Ou : Des ennemis hautains
Me tiennent en leur puissance,
Venez prendre ma défense,
Et m'arracher de leurs mains ?

Partez, et je vais me taire ;
Si j'ai tort, dites-le-moi :
Mais si j'ai dit vrai, pourquoi
M'accusez-vous du contraire ?

Vous ne visez, il est clair,
Qu'à des reproches frivoles ;
Aussi toutes vos paroles
Ne sont que des mots en l'air.

Sur un homme sans défense
Vous vous ruez à l'envi,
Et l'ami de votre enfance
Voit tout son espoir ravi.

Achevez donc votre ouvrage
Avec la même rigueur ;
Mais voyez si quelque erreur
S'est glissée en mon langage.

Allons ! sans prévention
Ecoutez-moi, je vous prie ;
Puis, vous-mêmes snr ma vie
Prononcez sans passion.

Vous trouverez qu'à l'injure
Ma langue n'a point recours,
Et que toujours mes discours
Furent exempts d'imposture.

VII.

Le sort de l'homme, ici-bas,
Ce n'est qu'un état de guerre ;
Et, pareil au mercenaire,
Il n'a que des jours ingrats.

Comme on voit après l'ombrage
Un esclave soupirer,
L'homme à gage désirer
Le terme de son ouvrage :

Ainsi j'appelai la fin
De ces jours tristes et vides,
Et de ces nuits insipides
Qui composent mon destin.

Dans l'ennui qui me consume,
La nuit, je dis : — Viens, soleil !
Et le jour, plein d'amertume,
J'attends l'heure du sommeil.

Une immense pourriture
Me couvre comme un manteau,
Et les rides de ma peau
Cachent une boue impure.

Ma vie, au trépas courant,
Plus vite s'est dissipée
Que la trame n'est coupée
Par la main du tisserand.

Souvenez-vous que ma vie,
Seigneur, n'est qu'un vain soupir ;
Et que d'un autre avenir
L'espérance s'est enfuie.

Désormais, aux yeux mortels,
Va se perdre ma présence ;
Je succombe à la puissance
De vos regards éternels.

Comme un nuage s'altère
Et disparaît sans retour ;
Ainsi, du sombre séjour,
Nul ne revient sur la terre.

Il ne verra plus jamais
Le toit dont il fut le maître ;
Et le lieu qui l'a vu naître
L'ignorera désormais.

Laissant donc parler ma bouche,
J'exprimerai ma douleur ;
Dans l'excès de mon malheur,
Je dirai ce qui me touche :

Suis-je une mer en courroux,
Ou bien un monstre indomptable,
Pour m'enfermer, misérable,
Entre d'énormes verroux?

Si, dans ma douleur extrême,
Je dis : — Le lit à mes os
Donnera quelque repos,
J'y serai tout à moi-même:

Si, parfois, vient le sommeil,
Soudain des songes terribles
Et des visions horribles
Viennent hâter mon réveil.

Aussi, mon âme ulcérée
Soupire après le trépas,
Et mes cris pressent les pas
De cette mort désirée.

Mon Dieu, soyez mon soutien,
Car je n'ai plus d'espérance;
Et, de ma faible existence,
Hélas! les jours ne sont rien!

Grâce, donc, pour ma faiblesse !
Qu'est-ce que l'homme, en effet,
Pour vous en faire un objet
De colère ou de tendresse ?

Après un jour d'agrément,
Vient un siècle de souffrance.
Ah ! trêve à votre vengeance !
Que je respire un moment !

J'ai péché : Dieu tutélaire,
Comment désarmer vos coups ?
A quoi bon votre courroux,
Et cet abîme de misère ?

Pardon, plutôt ; si soudain,
Votre amour ne me soulage,
La tombe est mon seul partage,
Et je ne serai plus demain. »

VIII.

Baldad de Suh répondit ces paroles :
— « Jusques à quand ces discours furieux,
Incohérents, lugubres ou frivoles,
Tels qu'on dirait des vents tempétueux ?

Voudriez-vous taxer Dieu d'injustic
Quand il agit, blesse-t-il l'équité ?
Si vos enfants péchèrent par malice,
Il les punit de leur méchanceté.

Si, cependant, par une humble prière,
Vous avez soin de conjurer ses coups,
Il fera trêve à sa juste colère,
Et fera luire un doux regard sur vous.

A vos soupirs il prêtera, sur l'heure,
Sa main puissante avec compassion ;
Et remettra l'ordre en votre demeure
Sitôt après votre conversion.

Vous le verrez si prodigue de grâces,
Qu'il vous rendra mille fois plus de biens ;
Rapportez-vous-en aux antiques races,
Et consultez les cendres des anciens :

(Car, nés d'hier, ignorants sur la terre,
Nos jours s'en vont ainsi qu'une vapeur).
Ils vous tiendront ce langage sincère,
Qu'ils tireront, eux, du fond de leur cœur :

« Le jonc vit-il ailleurs qu'au sein de l'onde ?
Le nénuphar ailleurs peut-il fleurir ?
Enlevez-les à l'eau qui les inonde,
Aucun plant n'est si prompt à se flétrir.

Tel est son sort aussi, quand l'homme expie
Le crime ingrat d'avoir oublié Dieu ;
Ainsi périt tout l'espoir de l'impie,
Comme, en effet, lui-même en fait l'aveu.

Cet espoir est comme un château de verre :
Au moindre appui qu'il fait sur sa maison,
La maison croule ; il vient à la refaire :
Nouvelle école, et nouvelle leçon.

L'aube le voit humide de rosée,
Sa tige pousse au lever du soleil ;
Mais, dans le roc, sa racine épuisée
Tarit bientôt ; il se flétrit à l'œil.

A peine ôté, le lieu qui l'a vu naître
L'oublie et dit : Je ne te connais plus :
Son vain éclat ne laisse plus paraître
Que des débris : d'autres croissent dessus. »

Non, jamais Dieu des bons ne se retire ;
Mais de sa main il frappe les méchants :
Il rendra donc à vos traits le sourire ;
Et votre voix retrouvera ses chants.

Alors tous ceux qui troublaient votre vie
Seront en proie à la confusion :
Un jour enfin, la tente de l'impie
Sera livrée à la destruction.

IX.

Et Job alors lui fit cette réplique :
«Oui, devant Dieu, l'homme est vraiment bien nu;
Et s'il prétend qu'svec lui Dieu s'explique,
L'homme sera mille fois confondu.

Son bras est fort ! ses ressources profondes !
Qui, loin de Dieu, peut trouver le bonheur?
Sans qu'on s'en doute, il transporte les mondes,
Ou les détruit du poids de sa fureur.

La terre tremble, aussitôt qu'il la touche,
Prête à creuser un immense tombeau !
Il dit un mot, et le soleil se couche ;
Les astres sont comme fermés d'un sceau !

Les flots des mers s'abaissent sous sa course !
Lui seul du ciel étend le pavillon !
Il fait briller les Pléïades et l'Ourse,
Et Syrius et le triple Orion.

Il fait sans nombre éclater les merveilles !
Les grands effets éclosent sous ses pas !
S'il vient, nul bruit ne frappe mes oreilles ;
Et, s'il s'en va, je ne l'aperçois pas.

S'il nous fallait lui répondre de suite,
Quel est celui qui ne resterait coi ?
Oserait-on, en voyant sa conduite,
De ce qu'il fait demander le pourquoi ?

Ce Dieu, qui peut d'un regard tout confondre,
De l'univers qui fait crouler l'appui !
Qui suis-je, moi, pour oser lui répondre,
Et pour pouvoir discuter contre lui ?

Quand je serais sûr de mon innocence,
Loin de vouloir faire valoir mes droits,
J'aurais plutôt recours à sa clémence,
Que de compter sur l'appui de ma voix.

Il m'a frappé comme sur une enclume,
Et, sans motif, il a brisé mes os :
Il a rempli mon âme d'amertume,
Sans me laisser un moment de repos.

Quelqu'autre part, si je cherche un refuge,
Rien ne pourra résister au Seigneur ;
Si j'ai recours à l'équité d'un juge,
Nul n'osera parler en ma faveur.

Et si je veux présenter ma défense,
Ma propre bouche, enfin, me trahira ;
Et si j'ai cru prouver mon innocence,
Comme coupable il me condamnera.

Quand je serais exempt de toute tache,
Mon propre cœur ne le connaîtrait point ;
Et le regret me suivra sans relâche.
Ce que j'ai dit se réduit à ce point :

2

C'est que Dieu frappe et le juste et l'impie.
S'il frappe, au moins qu'il donne aussi la mort
Pour terminer leur misérable vie,
Et que du juste il épargne le sort.

Entre les mains de l'impie est la terre,
Et de son juge il sait bander les yeux :
D'où viendrait donc un semblable mystère,
S'il ne prenait sa source dans les cieux ?

Mes jours ont fui comme un coursier agile,
Sans voir le bien, aussi prompts que l'éclair,
Ou le vaisseau, chargé d'un fruit fragile,
Ou l'aigle, enfin, qui fond du haut de l'air.

Si je me dis : Je tiendrai le silence :
Mon front rougit, j'étouffe de douleur ;
Car j'ai toujours usé de vigilance,
Sachant que vous punissez le pécheur.

Mais si je suis à ce point un impie,
Tant de travaux pour moi seront donc vains !
Quand l'eau de neige aurait lavé ma vie,
Que de blancheur éclateraient mes mains !

Si l'on me plonge en une fange impure,
Mes vêtements auront horreur de moi !
Je parle à qui n'est pas de ma nature ;
Ni mon égal devant la même loi.

Entre nous deux qui tiendra la balance
Pour empêcher chacun de s'écarter ?
Que sa main, donc, suspende sa vengeance,
Et cesse un peu de tant m'épouvanter.

Alors, enfin, je parlerai sans feinte,
Et défendrai ma cause volontiers ;
Mais à présent, interdit par la crainte,
Je ne peux pas faire de plaidoyers.

X.

Mon cœur est las de ma triste existence !
Je cède enfin aux pensers indiscrets ;
Et, dans l'excès de ma longue souffrance,
Je parlerai contre mes intérêts.

Mon Dieu ! dirai-je, ô mon souverain Maître !
N'exercez pas sur moi votre courroux !
Daignez parler, et me faire connaître
Pour quels motifs vous m'accablez de coups.

Vous liguez-vous avec la calomnie,
Pour m'opprimer, moi, l'œuvre de vos mains ?
Et pour livrer ma misérable vie
A la merci des complots inhumains ?

Pour découvrir à fond ce que nous sommes,
N'avez-vous donc que des regards légers ?
Vos jours sont-ils comme les jours des hommes ?
Vos ans pareils à leurs ans passagers ?

Ainsi, pourquoi cette horrible torture,
Pour en tirer l'aveu de mon péché ?
Eh ! quand j'aurais recours à l'imposture,
Mon crime hélas, vous serait-il caché ?

Mais, cependant, je n'ai rien fait d'impie ;
Vous le savez ; pourquoi donc ces apprêts,
Quand, pour sauver ma malheureuse vie,
Rien ne pourrait la soustraire à vos traits ?

Vos mains, Seigneur, ont formé ma personne,
Ont arrondi la forme de mon corps ;
Faut-il sitôt que leur soin m'abandonne,
Pour me plonger soudain aux sombres bords.

Souvenez-vous, oh ! je vous en conjure !
Souvenez-vous que ce furent vos doigts
Qui m'ont pétri comme une argile impure ,
Et vous allez me réduire aux abois !

N'est-ce pas vous qui durcites mon germe,
Ainsi qu'un lait par degrés épaissi ?
Qui sur ma chair étendit l'épiderme ?
D'os et de nerfs qui m'a construit ainsi ?

Ah ! je dois tout à votre bienfaisance !
Et c'est votre œil qui veille sur mes jours :
Ce souvenir, sous feinte d'ignorance ,
Dans votre cœur n'en vit pas moins toujours.

Si j'ai péché (puisque votre sagesse
Avait fait grâce à mon iniquité),
Pourquoi ne pas encore à ma faiblesse
Prêter l'appui de la même bonté ?

Malheur à moi si mon cœur est coupable !
Mais s'il est pur et du vice isolé...
Je n'irai point lever un front blâmable ,
D'affliction , de misère accablé.

Car votre bras, brisant mon arrogance,
Me saisirait comme un tigre en fureur ;
Et, me livrant en proie à sa vengeance,
M'accablerait du plus affreux malheur.

Vous produisez des témoins à ma charge,
Vous redoublez sur moi tous vos fléaux !
Et les douleurs dont le poids me surcharge,
De tous côtés me livrent mille assauts !

Hélas ! pourquoi m'avoir mis sur la terre ?
Heureux cent fois si, sans paraître au jour,
Comme un néant, du ventre de ma mère
J'avais passé dans le sombre séjour !

Ah ! quand viendra la fin de ma journée
Fermer enfin le cours de mon malheur ?
Que j'aie, avant cette heure fortunée,
Un seul instant pour pleurer ma douleur !

Alors, j'irai dans ces régions sombres
Me perdre enfin pour ne plus revenir ;
Ces régions qu'enveloppent les ombres
Et les terreurs d'un lugubre avenir !

Ces tristes lieux où la mort ténébreuse,
Sans nul relâche enfante la douleur ;
Où, pour jamais, dans une nuit affreuse,
Règnent le deuil, le désordre et l'horreur !

XI.

Sophar, naamathite,
Lui répondit ensuite :
— Celui qui parle tant
Est-il exempt d'entendre ?
Peut-il par là prétendre
Se montrer innocent ?

A vous seul pour complaire
Faudra-t-il tous se taire ?
Quand vos mordants discours
Ne respectent personne,
Faut-il donc qu'on s'étonne
D'en arrêter le cours ?

J'entends, dans vos murmures :
« Mes paroles sont pures,
Je suis juste à vos yeux ! »
Plût au Sage suprême,
Pour vous parler lui-même,
Qu'il descendit des cieux !

Qu'il vous dit de sa bouche ,
En tout ce qui le touche ,
Tous les points de sa loi ;
Et qu'ainsi votre offense
Surpasse la souffrance
Dont il vous fait envoi.

Prétendez-vous connaître
Les secrets de son être?
Et le regard perçant
De votre œil téméraire ,
Jusqu'en son sanctuaire,
Voit-il le Tout-Puissant?

Il fait dans l'Empyrée
Sa demeure sacrée ;
Comment donc ferez-vous?
Et si votre œil s'égare
Jusqu'au fond du Tartare ,
N'est-il pas au-dessous?

Plus vaste que le monde,
Et plus profond que l'onde
Et les gouffres des mers ,
Comme un juge équitable ,
Il saisit le coupable
Et le charge de fers !

Qui peut le contredire ?
Il connaît le délire,
Le néant des mortels :
Comment l'âme rebelle
Quelque part fuirait-elle
Ses regards éternels ?

L'homme vain et superbe
Ose élever le verbe,
Et parler contre lui !
Comme l'âne sauvage,
Il croit de tout servage
Qu'il doit naître à l'abri !

N'avez-vous pas vous-même
Contre sa main suprême
Endurci votre cœur ?
Et vous avez l'audace,
Même en votre disgrâce,
De braver le Seigneur !

Chassez les injustices
Et toutes les malices
Où s'enfoncent vos pas :
Loin des sentiers coupables,
Alors ils seront stables,
Et vous ne craindrez pas.

Même en votre pensée,
La misère passée
N'aura plus de tourment :
Comme une onde qui roule,
En un instant s'écoule
Dans le lit d'un torrent.

La gloire défaillante
Paraîtra plus brillante
Au moment du déclin ;
Comme on voit, à l'aurore,
Briller, plus vive encore,
L'étoile du matin.

L'espoir des récompenses,
Charmant vos espérances,
Vous dormirez en paix,
Sans qu'on ose entreprendre
Rien, contre votre cendre,
Qui la trouble jamais.

Plusieurs, à votre face,
Viendront demander grâce :
Mais les yeux du pécheur
Périront sans ressource ;
Et, pour prix de sa course,
Il n'aura que l'horreur,

XII.

Impatient de le confondre,
Job se hâte de lui répondre :
— Ici-bas, vous êtes les seuls
Qui possédiez donc la prudence ?
Sans doute, après vous, la science
Reposera dans vos linceuls ?
J'ai du cœur aussi bien qu'un autre,
Tout autant que vous en avez,
Et mon esprit vaut bien le vôtre ;
Qui ne sait ce que vous savez ?

Dieu seul soutient et reconforte
Celui qui, comme moi, supporte,
De ses amis les fiers dédains :
On rit de la vertu soumise !
C'est une lampe que méprise
Le riche, en ses pensers hautains,
Jusqu'au grand jour de la lumière ;
Tandis qu'au comble du bonheur,
Nous voyons la rapine altière
Braver le Dieu son bienfaiteur !

Allez, et consultez le monde,
Et les airs, et la terre et l'onde ;
Tout ce qui vit vous l'apprendra,
En vous disant, dans son langage,
Que de Dieu tout est l'ouvrage,
Et que c'est lui qui les créa :
Car qui serait dans l'ignorance
Que ne dépende de ses mains
Le trésor de leur existence,
Ainsi que le sort des humains ?

Serait-ce plus grande merveille
Que les sons perçus par l'oreille,
Le goût transmis par le palais ?
Aux vieillards survient la science ;
Et, fille des ans, la prudence
Les enrichit de ses bienfaits :
Mais Dieu, de tout temps, en lui-même,
Et dans un degré sans pareil,
Possède et sagesse suprême,
Force, intelligence et conseil.

Aussi, ce qu'il voudra détruire,
Nul ne pourra le reconstruire ;
Ceux qu'il renferme en ses cachots,
Nul bras ne peut les en soustraire ;
S'il lâche les eaux sur la terre,
Elle disparaît sous les flots,
Et quand il veut elle est aride :
Car c'est en lui, c'est dans son sein,
Que toute sagesse réside.
Avec un pouvoir souverain.

Inaccessible aux tromperies,
Il voit toutes les fourberies :
Du sage il confond les desseins,
Prive les juges de lumière,
Frappe des rois la tête altière,
Et de cordes leur ceint les reins ;
Retire aux prêtres tout hommage ;
Le puissant tombe à son regard,
Le plus vrai change de langage,
Et le sens quitte le vieillard.

Il verse aux princes l'infamie,
Aux opprimés il rend la vie,
En portant remède à leur sort ;
Et, des ténèbres les plus sombres,
Il sait dissiper les ombres
Jusque dans le sein de la mort !
C'est lui qui, de sa main divine,
Frappe ou sauve les nations ;
Et, les tirant de leur ruine,
Les comble encore de ses dons !

Qui, par l'influence soudaine
De sa volonté souveraine,
Change le cœur des potentats
Des nations les plus célèbres,
Et les conduit, par les ténèbres,
A la perte de leurs Etats !
Qui les aveugle, et qui les livre
A des projets extravagants ;
Les fait marcher comme un homme ivre,
A pas perdus et chancelants !

XIII.

Ces choses, mes yeux les ont vues,
Et mes oreilles entendues;
Et tout cela, je l'ai compris!
Je sais selon votre science,
Et n'ai pas moins d'expérience,
Malgré tous vos lâches mépris!
Dût-on m'accuser de délire,
Au Tout-Puissant je parlerai :
Oui, je le veux, je le désire,
Avec Dieu je discuterai.

Il faut d'abord que je m'assure
De démasquer votre imposture
Et vos mensonges impudents :
Grands docteurs de fausse science,
Que ne gardiez-vous le silence,
Nous auriez passé pour prudents!
Écoutez donc ma réprimande
Et mes reproches un peu vifs,
Et montrez-vous, je le demande,
A mes jugements attentifs.

Dieu, dont vous appuyez vos songes,
A-t-il besoin de vos mensonges,
Que vous parliez en sa faveur?
Prétendez-vous lui faire grâce?
Vous faire juges à sa place,
En compromettant son honneur?
Cela pourrait-il donc lui plaire,
Ce Dieu qui voit et connaît tout?
Pensez-vous, d'un ton téméraire,
Comme un homme le mettre à bout?

Non, non; il saura vous répondre
Lui-même, et vous faire comprendre
Toute son indignation;
Vous qui vous targuez de prudence,
Et qui ne prenez sa défense
Que par dissimulation.
Sur vous, quand fondra sa colère,
Soudain vous frémirez d'horreur;
Voyant son visage sévère,
Vous serez frappés de terreur.

Alors, votre triste mémoire
Sera comme une cendre noire,
Et vos fronts, aujourd'hi si hauts,
Ne seront qu'une boue impure ;
Donnez donc, je vous en conjure,
Un peu de trêve à vos propos,
Qu'à mon tour je puisse vous dire
Tout ce que je puis en penser :
Pourquoi faut-il que je déchire
Avec mes dents ma propre chair ?

Pourquoi tiens-je en mes mains ma vie ?
Ah ! quand Dieu me l'aurait ravie,
J'espèrerais encore en lui !
J'oserai donc, en sa présence,
Exposer toute mon offense ;
C'est lui qui sera mon appui ;
Mais il confondra l'hypocrite :
Prêtez l'oreille à mes discours,
Et tâchez de saisir la suite
Des énigmes que je parcours.

Oh ! si ma cause était jugée,
Je le sais, une fois purgée,
L'on me trouverait innocent.
Est-il quelqu'un qui ne convienne
D'un pareil jugement ? qu'il vienne :
Pourquoi mourir en me taisant ?

Je ne demande, comme grâce,
Rien que deux choses, au surplus,
Seigneur, et devant votre face,
Non, je ne me cacherai plus.
Otez votre main qui me presse
Et cette terreur qui m'oppresse,
Où je vois tous mes sens livrés ;
Puis, parlez ; je ferai réplique :
Ou, permettez que je m'explique,
Puis, après, vous me répondrez.

Produisez au grand jour la foule
De mes crimes, de mes méfaits,
Et que devant moi se déroule
Le tableau de tous mes forfaits.

Pourquoi cacher votre visage?
Et pourquoi me faire l'outrage
De me traiter en ennemi?
Votre puissance se déchaîne
Contre une humble feuille qu'entraine
Le vent qui la brise à demi
Ah! pourquoi donc, de cette sorte,
Contre moi vous acharnez-vous?
Ou, contre un brin de paille morte,
Faut-il montrer tant de courroux?

Oui, vous m'abreuvez d'amertume,
Et votre courroux me consume,
En me mettant les ceps aux pieds
Pour les erreurs de ma jeunesse!
Vous observez avec adresse
Tous les sentiers que j'ai frayés,
Et tous mes pas y sont matière
Aux plus effroyables revers;
Et je dois rentrer en poussière,
Comme un habit rongé des vers.

XIV.

L'homme, né de la femme,
De ses jours voit la trame
Tranchée en peu de temps ;
Et sa vie éphémère
Est pleine de misère
Et d'affreux contre-temps.

Il est pareil encore
Aux fleurs qu'on voit éclore
Et faner en un jour :
C'est une ombre fragile
Dont la trame mobile
Disparaît sans retour.

Eh ! à quel titre insigne
Le jugeriez-vous digne
D'attirer vos regards ?
De le couvrir de honte,
Et lui demander compte
De ses moindres écarts ?

Qui, d'une source impure,
Peut faire une âme pure,
Que celui dont la voix
Lui donne l'existence,
Et qui fixa d'avance
Le nombre de ses mois?

Seigneur, un peu de trêve
Jusqu'à ce qu'il achève
Le cours de ses travaux !
Semblable au mercenaire
Qui, tout le jour, espère
L'heure de son repos.

La branche que la hache
Du tronc du bois détache,
Repousse et refleurit,
Même quand sa racine
Dans la terre se mine,
Et que son tronc pourrit.

Plantez-la près de l'onde,
De sa tige féconde
Sortent de verts rameaux;
Mais quand a fui la vie,
Que devient, je vous prie,
La cendre des tombeaux?

Comme des mers arides
Ou des fleuves, d'eau vides;
D'un repos éternel
Ainsi les morts sommeillent
Jusqu'à ce qu'ils s'éveillent
Sous la chute du ciel.

Puisse, au sein de la terre,
Loin de votre colère,
Se cacher mon effroi;
Jusqu'à ce que se lasse
Enfin votre disgrâce
De s'acharner sur moi!

L'âme, une fois ravie,
Croyez-vous qu'à la vie
L'homme revienne encor?
Comme la nymphe oisive,
J'attends qu'enfin arrive
L'instant de mon essor!

Alors ma voix, sans crainte,
Vous redira sa plainte;
Et bien que tous mes pas
Soient en votre présence,
Oubliant mon offense,
Vous me tendrez les bras.

Comme l'on voit en poudre
Les rochers se dissoudre
Et s'écrouler les monts!
L'eau creuser la ravine
Et la pierre que mine
Un travail des plus longs!

Ainsi s'use la vie !
Vous l'avez affermie
Un instant seulement :
Bientôt elle s'efface,
Et vous couvrez sa face
Du voile du néant !

Tous, il faut qu'on en sorte ;
Pauvre ou riche, n'importe !
Chacun lègue à ses fils
Sa constante infortune,
La misère importune,
La souffrance et les cris !

JOB.

XV.

Éliphaz de Théman répondit ces paroles :
— Un sage doit-il donc tenir contre le Ciel
Des discours à ce point insensés ou frivoles,
Et, de son cœur aigri distiller tant de fiel?

À quoi peut vous servir cette éternelle plainte?
En attaquant Celui qui n'est pas votre égal,
Autant qu'il est à vous, vous détruisez sa crainte,
Au lieu de prier Dieu, vous semblez son rival.

L'on voit tous vos discours dictés par la colère,
Et vous parlez, enfin, comme un blasphémateur!
Je ne vous tiendrai pas un langage sévère,
Votre bouche sera le seul accusateur.

Êtes-vous le premier qui soit né dans le monde?
Avez-vous vu des monts s'élever les sommets?
Surpassez-vous de Dieu la sagesse profonde?
Avez-vous pénétré ses intimes secrets?

2·

Avez-vous, plus que nous, le don d'intelligence ?
Qu'avez-vous donc que nous n'ayons à notre tour ?
Parmi nous n'est-il pas de gens d'expérience,
Plus âgés que ceux dont vous reçûtes le jour ?

Si ne l'empêchaient pas vos plaintes insensées,
Dieu ne pourrait-il donc consoler votre deuil ?
Pourquoi, de vous avoir de si hautes pensées ?
Pourquoi ces yeux hagards où respire l'orgueil ?

Et, d'où vient, contre Dieu, que votre esprit s'enflamme?
Si le ciel, à ses yeux, a ses impuretés,
Combien sera souillé l'homme, être abominable,
Lui qui boit comme l'eau des flots d'iniquités !

Écoutez-moi, je vous dirai ce que je pense ;
Je vous rapporterai ce que mes yeux ont vu :
Les sages font les frais de leur expérience,
Ajoutant ce qu'ils ont, de leurs pères, reçu.

Ce sont eux à qui seuls la terre fut donnée,
Et l'étranger sur eux n'a point fait de butin.
L'impie en orgueil croît chaque jour, chaque année,
Et, de ses jours maudits le nombre est incertain.

Le bruit de la terreur frémit à son oreille ;
Il croit voir, même en paix, quelque piége tendu :
La nuit, il perd l'espoir que le jour se réveille,
Il voit, de tous côtés, un glaive suspendu.

Pour prendre un peu de pain, a-t-il quitté son siège?
Il croit tenir en main l'instrument de sa mort !
L'adversité l'effraie et l'angoisse l'assiège,
Comme un roi, des combats qui va tenter le sort!

Il a contre son Dieu levé sa main hardie,
Et couru, le front haut, contre le Tout-Puissant!
Et, pour lui courir sus, sa tête s'est raidie !
Il était cuirassé d'un orgueil arrogant !

La fleur de la santé brillait sur son visage,
Et son triple menton formait autant d'arceaux !
Mais voilà que du deuil sa demeure est l'image !
Ses palais désolés sont comme des tombeaux !

Il verra tour à tour s'entasser les ruines!
Il n'ajoutera plus à ses trésors nombreux!
Il ne poussera plus dans le sol ses racines !
Pour lui ne luiront plus que des jours ténébreux !

Tous ses rameaux seront dévorés par la flamme !
Au souffle du Seigneur tomberont ses débris !
Il n'aura plus la foi, dans l'erreur qui l'enflamme,
De pouvoir être, un jour, racheté d'aucun prix !

Bien avant que pour lui la vieillesse s'écoule,
Il mourra : ses rameaux ne refleuriront pas !
Tels, de la vigne en fleur on voit le fruit qui coule,
La fleur de l'olivier tomber sous les frimas.

Ainsi périront tous les hommes de malice !
Le feu consumera leurs toits et leurs présents !
Ils ont conçu le mal, enfanté l'injustice,
Ils n'auront pour produits que des monstres d'enfants.

XVI.

Job répondit : — De tels discours ne sont point rares,
Et tous ces vains propos me pèsent tristement !
Quand viendra donc la fin de ces propos bizarres ?
N'est-il point de moyen de parler autrement ?

Je pourrais comme vous user de persifflage ;
(Vous préserve le Ciel d'éprouver mon malheur !)
Je vous consolerais par un autre langage,
Et mon front abattu prouverait ma douleur !

Ma bouche aurait, ainsi qu'un baume salutaire,
Pour vous fortifier un langage amical :
Mais réduit en l'état où je me vois, que faire ?
Ou me taire, ou parler, rien ne change à mon mal.

Maintenant, par l'excès de ma grande souffrance,
Tous mes membres se sont comme réduits à rien :
Les rides de mon corps prouvent sa violence ;
De soi-disant amis l'aggrave l'entretien.

Et leur fureur s'en vient insulter ma misère !
La menace à la bouche, ils me grincent les dents !
Ils lancent contre moi des regards de colère,
Et m'accablent du poids de discours impudents !

Leur blâme vient couvrir mon front d'ignominie !
Mes maux ont assouvi leurs regards inhumains !
Dieu, qui m'a mis en butte à tant de calomnie,
A permis aux méchants de m'étreindre en leurs mains !

Moi qui, de la puissance étais naguère au faîte,
Me voilà tout à coup brisé par le malheur !
Dieu m'a mis sous ses pieds, il a foulé ma tête !
M'a placé comme un but aux traits de sa fureur !

Il a, de tous côtés, de sa main meurtrière,
Décoché mille dards contre mon corps sanglant!
Et traîné, sans pitié, mes entrailles par terre!
Il m'a criblé des coups de son bras de géant!

J'ai recouvert mon corps du sac et de la cendre;
A force de pleurer mon visage est enflé;
Et je souffre ces maux sans qu'on puisse reprendre
Pas le moindre forfait dont je me sois souillé!

Hélas! auprès de Dieu ma prière était pure!
Ne cache pas mon sang, n'étouffe pas mes cris,
O terre! c'est le Ciel, témoin de mon injure,
Qui connaît ma justice et m'en rendra le prix!

De mes amis pendant que la langue m'accable,
Je pleure devant Dieu; que ne puis-je avec lui
Entrer en jugement comme avec mon semblable!
Je serais sûr, du moins, de trouver un appui!

XVII.

Avec rapidité s'envolent nos années!
Les sentiers où je cours ne me reverront pas!
Mon esprit s'affaiblit; et mes tristes journées
S'écoulent! au tombeau déjà touchent mes pas!

Je n'ai point fait de crime, et mon œil ne découvre
Que des tourments affreux et des objets d'effroi!
Délivrez-moi, Seigneur! que votre aile me couvre!
Puis vienne qui voudra s'élever contre moi!

Vous avez à leur cœur ôté l'intelligence!
Tel à ses compagnons promettait le butin
Qui verra de ses fils les yeux en défaillance!
Ils ne jouiront pas d'un prospère destin!

Enfin de tout le peuple ils m'ont rendu la fable,
Comme un épouvantail aux yeux des gens de bien!
Ah! d'indignation tant de mépris m'accable,
Et mes membres en sont comme réduits à rien!

Les justes en seront tous indignés, sans doute ;
L'innocent confondra d'hypocrites efforts,
Sans cesser pour cela de marcher dans sa route,
Et par là les cœurs purs en deviendront plus forts.

Convertissez-vous donc, et changez de langage,
Vous tous! venez ; et vous verrez par mon discours
Qu'aucun n'est, entre vous, digne du nom de sage!
Car, hélas! pour moi seul, il n'est plus de beaux jours.

Mes pensers s'en allaient en tourmentant mon âme,
Me faisant de la nuit comme un jour sans sommeil,
Et, la nuit, de nouveau, dans l'ardeur qui m'enflamme,
Des jours trop paresseux je hâtais le réveil.

Que me sert d'espérer? Ma demeure est la bière !
J'ai préparé mon lit loin de toutes lueurs ;
Et j'ai dit au limon : Toi, tu seras mon père !
Puis, aux vers : Vous serez et ma mère et mes sœurs

Où donc est maintenant toute mon espérance?
Qui voit ma patience au milieu de mes maux?
Au plus fond du tombeau m'attend la délivrance,
Croyez-vous, là du moins, que j'aurai le repos?

XVIII.

Baldad de Suh répondit ces paroles :
— Croyez-vous donc que nous écouterons,
Jusqu'à la fin toutes vos hyperboles?
Veuillez entendre ; et puis, nous parlerons.

Vous voulez donc jusqu'au rang de la bête,
Nous ravaler dans vos sanglants mépris!
Votre fureur vous a tourné la tête ;
Tout, après vous, doit-il fondre en débris ?

Déserte alors verrons-nous donc la terre ?
Ou le rocher changera-t-il de lieu ?
Verra-t-on plus au méchant de lumière ?
Ou plus d'éclat réjaillir de son feu ?

D'obscurité sa maison sera pleine ;
Et, tout à coup sa lampe s'éteindra :
Ses pieds tremblants marcheront avec peine ;
Par son conseil lui-même il se perdra.

Car, à son tour, victime de sa ruse,
Il est tombé dans ses propres filets :
En vains efforts toute sa force s'use
Pour déchirer les mailles de son rets.

Dans une fosse était placé le piége,
Dans le sentier étaient mis les appats :
De toutes parts l'épouvante l'assiége,
Et la terreur environne ses pas.

Là, consumé par une faim terrible,
Sa force, enfin, s'est changée en langueur :
Il périra par une mort horrible
Qui lentement rongera sa vigueur.

De tous ses biens que l'on vide sa tente,
Et qu'elle soit livrée à l'abandon :
Qu'il soit conduit au Roi de l'Épouvante,
Et que le soufre inonde sa maison !

Que sous ses pieds périssent ses racines !
Et sur son front que sèchent ses rameaux !
Qu'il laisse enfin sa mémoire aux ruines
Comme son nom à l'oubli des tombeaux !

Il s'en ira du jour dans les ténèbres,
Où, de ce monde, il sera transporté ;
Ne laissant que des souvenirs funèbres
Pour lui tenir lieu de postérité !

Ceux qui viendront frémiront sur sa vie,
Ceux de son temps seront saisis d'horreur :
Tel est le sort des tentes de l'impie,
La part de qui ne craint pas le Seigneur.

XIX.

Job répondit : — Jusqu'à quand dans mon âme,
Porterez-vous la tristesse et l'effroi ?
Dix fois déjà votre langage infâme
S'est, sans pudeur, déchaîné contre moi !

Si, par hasard, je suis dans l'ignorance,
Ce n'est qu'à moi, qu'importe mon erreur?
Et vous venez augmenter ma souffrance
En me faisant cause de mon malheur!

Si l'équité vous le pouvait permettre,
Vous avoueriez du moins en ce moment,
Que les péchés que j'aurais pu commettre
N'ont nul rappoat avec mon châtiment.

J'ai beau pousser mille cris de détresse
Nul ne s'émeut de ces cris douloureux;
En vain j'attends quelqu'un qui s'intéresse
A la grandeur de mes tourments affreux!

A mes clameurs, Dieu même est insensible!
Sa main, sur moi, qu'il laisse appesantir,
A confondu dans une nuit horrible
Les noirs sentiers d'où je ne puis sortir!

Il m'a ravi ma gloire et ma puissance,
Et, sur mon front, a brisé leurs débris!
Comme un tronc mort, je n'ai plus d'espérance,
Son bras partout me poursuit; je péris!

Contre mes jours sa fureur allumée,
En ennemi m'a tout à fait traité !
Pour m'assaillir, il range son armée,
Comme à l'assaut d'une forte cité !

Au loin j'ai vu se retirer mes frères,
Mes amis fuir comme des inconnus !
Parents, amis, honteux de mes misères,
Ou sont partis, ou ne m'abordent plus !

Jusques à ceux qu'attachait mon service,
M'ont regardé comme un être étranger !
Lorsque ma voix réclame son office,
Mon serviteur ne daigne pas bouger !

Le souffle infect ne ma lugubre vie
Même à ma femme est un objet d'effroi !
A la prière il faut que je me plie
Auprès des fils qui sont sortis de moi !

Pour mettre enfin le comble à ma souffrance
J'étais livré même au mépris des sots !
Les insensés usant de mon absence,
Me déchiraient de leurs lâches propos !

Ceux qui m'aidaient jadis de leur sagesse
M'ont regardé comme un homme pervers ;
Celui qui fut l'objet de ma tendresse,
En ce moment, insulte à mes revers !

Toute ma chair aussi s'est desséchée
Par la rigueur de mes affreux tourments ;
Et ma peau seule, à mes os attachée,
Recouvre encor la blancheur de mes dents !

Ayez, ayez pitié de mes souffrances,
O vous, du moins, qui fûtes mes amis !
Quand Dieu sur moi décharge ses vengeances,
Ne marchez pas avec mes ennemis !

Pourquoi venir, à ma longue agonie,
Porter encor de plus terribles coups,
Et m'arracher les restes de ma vie,
Comme si Dieu vous prêtait son courroux ?

Oh ! que ne puis-je à l'airain ou la pierre
Avec le fer imprimer mes discours !
Ou les écrire, en profond caractère,
Pour être lus et subsister toujours.

3

Car, je le sais, mon Rédempteur existe;
Et, de la terre, un jour, je dois sortir
Oui, de ma chair, aujourd'hui faible et triste,
Je me verrai de nouveau revêtir!

Alois, mon Dieu! je vous verrai moi-même,
Avec ma chair, moi-même tout entier!
Mes yeux verront votre beauté suprême!
C'est là l'espoir où j'ose me fier.

Eh! pourquoi donc votre haine farouche
S'acharne-t-elle à m'ôter tout appui?
Cherchons, dit-on, nous-mêmes dans sa bouche
Des arguments pour tourner contre lui.

Ah! craignez donc le glaive inévitable,
(Car des méchants le glaive est le vengeur)
Tremblez: il est un juge redoutable
Dont nul ne peut éviter la rigueur.

XX.

Mais, répondant à Job, Sophar naamathite
Dit : — Je sens mon esprit qui se trouble et s'agite
Au choc tumultueux que me cause l'émoi ;
Laissons-là vos gros mots, c'est l'esprit qui m'inspire,
En ce que je vais dire,
Qui parlera pour moi.

Depuis l'instant où Dieu plaça l'homme en ce monde
La gloire des méchants où leur espoir se fonde,
L'éclat de l'hypocrite et son bonheur d'un jour
Précipitent soudain leur fuite passagère,
Comme une ombre légère,
Qui passe sans retour.

En vain jusqu'au dessus de la nue orageuse
Il porterait son front et sa tête orgueilleuse,
Il tombera bientôt au rang du limon vil ;
Et, tous ceux qu'autrefois éblouissait sa gloire,
Oubliant sa mémoire,
Diront : « Où donc est-il ? »

Comme un songe qui fuit disparaîtra cet homme,
Ou comme au sein des nuits s'échappe un vain fantôme;
Ses amis, sa maison ne le reverront plus !
Ses fils infortunés périront de misère
   Et les maux qu'il sut faire
   Lui seront tous rendus.

Les feux de sa jeunesse inonderont ses veines,
Et, jusque dans la tombe il traînera ses chaînes ;
Quand il l'a dans sa bouche, il épargne des dents
Le mal qu'il trouve doux, et, pourvu qu'il lui plaise,
   Il le savoure à l'aise
   Pour en jouir longtemps.

Mais ce pain qu'il avale avec un goût avide,
Est un mets qui se change en un poison perfide,
Et, comme un fiel d'aspic consumera son sein :
Le mal, pour lui si doux, il le lui faudra rendre,
   Et Dieu saura le prendre,
   Lui-même, de sa main.

Lorsque viendront enfin les jours de la colère,
Il recevra la mort des dards de la vipère,
Sa bouche des aspics ira sucer le fiel :
Son œil ne verra plus, à la fin de sa course,
  Couler l'aimable source
  Et du lait et du miel.

Il recevra le prix de toutes ses malices ;
Et le poids accablant de ses affreux supplices,
Égaux à la grandeur de ses iniquités,
Ne pourra consumer la durée infinie
  De son horrible vie,
  Ni ses perversités.

Brisant les malheureux de sa main meurtrière,
Ils les a dépouillés, a ravi leur chaumière
Qui fut tout leur avoir, que leur main sut bâtir ;
Et son avidité n'est jamais satisfaite !
  A-t-il ce qu'il souhaite ?
  Il n'en pourra jouir.

Comme il ne resta rien du luxe de sa table,
Il verra de ses biens la perte déplorable!
Quand, de viande et de vin il se sera gorgé
Ses entrailles seront en proie à la souffrance,
  En des flots de vengeance
  Il sera submergé.

Alors pleuvant sur lui des torrents de misère,
Les revers, la douleur, la fureur et la guerre,
Contre lui conjurés l'accableront soudain!
Tout concourt à sa perte; et sa tête, échappée
  Au tranchant de l'épée,
  Retrouve un arc d'airain.

Il est, il est tiré, le glaive redoutable!
Sous les coups foudroyants de ce glaive implacable,
Il va tomber enfin son front audacieux!
Et, l'effrayant déjà, mille spectres terribles,
  Durant les nuits horribles,
  Repassent sous ses yeux.

Toujours épouvanté de ces monstres funèbres ,
Son esprit est couvert des plus sombres ténèbres ;
Il se sent consumé par un feu dévorant
Dont jamais ne s'éteint l'activité brûlante :
        Délaissé sous sa tente ,
        Il y mourra souffrant.

Les cieux révèleront au grand jour sa malice ;
Et la terre, élevant sa voix accusatrice ,
Implorera sur lui la vengeance à grands cris :
Livrée à tous les maux , sa déplorable race ,
        Au temps de la disgrâce ,
        Verra ses jours proscrits !

Tel sera du méchant l'effroyable partage :
Et de tous ses forfaits l'effroyable héritage.
Qu'afin de rétablir les droits d'un Dieu vengeur,
Et punir de son nom l'insulte et le blasphème,
        La justice suprêmé
        Réserve à ce pecheur.

XXI.

Et Job lui répondit ensuite :
— Veüillez donc changer de conduite
Aux discours que je vais tenir ;
Écoutez ce que je vais dire ;
Ensuite vous pourrez en rire
Si cela peut vous convenir.

Avec l'homme ai-je donc affaire,
Pour être forcé de me taire ?
Regardez-moi, puis, rougissez.
De mes maux l'idée implacable
De son seul souvenir m'accable,
Et tous mes sens sont terrassés.

Dans le cours brillant de sa vie,
D'où vient que prospère l'impie,
Et qu'il regorge de trésors !
Il voit, dans un joie heureuse,
De ses fils la race nombreuse,
De sa table entourer les bords.

Ses maisons sûres et paisibles ,
Aux revers sont inaccessibles ;
Tout semble aller à ses souhaits ;
Rien n'altère sa paix profonde ;
Sa génisse est toujours féconde ,
Et son fruit ne manque jamais !

De ses enfants l'immense foule
De sa maison à flots s'écoule
Pour se livrer à mille jeux !
On les voit folâtrer et rire ,
Au son du fifre et de la lyre ,
Et de vingt instruments joyeux !

Il passe ses jours dans la joie ;
Et soudain saisissant sa proie ,
La mort l'engloutit au tombeau !
Cependant il dit au grand Être :
« Je ne veux ni te connaître ,
« Ni me charger de ton fardeau.

« Que sert la prière elle-même ?
« Et quel est cet Être suprême,
« Pour vouloir m'imposer sa loi ? »
Mais comme les biens de sa vie
Ne dépendent pas de l'impie,
Son langage est maudit pour moi.

Son flambeau vient-il à s'éteindre ?
Il sent un Dieu vengeur l'étreindre
D'inextricables nœuds de fer :
Il est comme une paille aride ,
Ou la poudre qu'un vent rapide
Enlève et disperse dans l'air.

Les enfants même , en sa colère,
Sont confondus avec leur père ;
Alors, Seigneur, il vous connaît !
Mais il boira jusqu'à la lie
Le calice de la furie
Dont vous l'abreuvez à long trait !

Que lui ferait, sans sa disgrâce,
De voir abréger pour sa race
Le nombre ordinaire des ans ?
Et qui, pourtant, dans leur supplice,
Oserait taxer d'injustice
Dieu qui juge les plus puissants ?

L'un meurt vermeil, heureux et riche ;
L'embonpoint que son front affiche
N'éprouva jamais un revers,
Pendant qu'un autre se consume
Dans la misère et l'amertume ;
Tous deux seront mangés des vers.

Certes, je sais de vos pensées
Les conjectures insensées,
Et vous dites dans votre cœur :
« Où sont les méchants et leur gloire ? »
Mais, si vous ne pouvez me croire,
Demandez à tout voyageur.

Il vous dira qu'après la vie,
Le Seigneur réserve l'impie
Pour l'accabler de son courroux :
Car qui lui montre ici ses crimes ?
Et qui peut venger ses victimes
Du poids redoublé de ses coups ?

Quand sa vie enfin se termine,
Son superbe tombeau domine
Au-dessus du séjour des morts ;
Et l'éclat pompeux de sa suite
A fait tressaillir le Cocyte
Et réjoui les sombres bords.

Ainsi, de mon âme souffrante,
Comment votre voix imprudente
Calmerait-elle la terreur ?
Quand vos paroles mensongères
Ne sont que de vaines chimères
Ou des discours remplis d'aigreur ?

XXII.

Éliphaz de Théman dit : — Malgré la science,
L'homme prétendrait-il à Dieu se comparer?
Que vous ayez toujours marché dans l'innocence
Qu'importe à Dieu ? quel bien peut-il en retirer?

Aura-t-il peur de vous charger quand sa justice
S'enviendra contre vous entrer en jugement?
N'y trouvera-t-il pas des trésors de malice ,
D'iniquités sans nombre et de déréglement?

N'avez-vous pas du pauvre aggravé le déboire ,
Et gardé, sans motif , le gage du prochain ,
Refusé, dans la soif , de lui donner à boire
Ou du pain à celui que torturait la faim ?

N'avez-vous pas enfin usé de violence
Pour usurper les biens contre quelques voisins ,
Et renvoyé la veuve avec son indigence ,
Comme cassé les bras aux pauvres orphelins ?

C'est pourquoi vous voilà plongé dans la misère,
Et frappé tout-à-coup des plus horribles maux !
Et vous ne pensiez pas que fuirait la lumière ,
Ni vous voir englouti sous le torrent des eaux !

Dieu, pensiez-vous, était par delà les étoiles ,
Il fixait son séjour jusqu'au plus haut des cieux !
Ce n'était , disiez-vous , qu'à travers d'épais voiles
Qu'il pouvait jusqu'à nous faire atteindre ses yeux !

Caché dans son nuage, il ne s'occupe guère
De ce que nous faisons : il tourne autour du ciel !
Voulez-vous donc marcher dans la voie éphémère
Où se perdit jadis un peuple criminel ?

Ce peuple si fameux par son impie audace ,
Qu'un déluge emporta tout dans un même instant,
Et qui disait à Dieu : « Détournez votre face ! »
Se croyant à l'abri contre le Tout-Puissant !

Il les avait comblés de biens et de richesse !
(Que de leurs sentiments Dieu préserve mon cœur !)
Ce que voyant, les bons seront dans l'allégresse ,
Et le juste à son tour rira de leur malheur.

De leur vaine grandeur la base est renversée,
Et leurs restes seront dévorés par le feu !
Soyez donc résigné, calme, dans la pensée
Que vous serez un jour récompensé de Dieu.

Recevez donc la loi que vous donne sa bouche ;
Au fond de votre cœur retenez ses discours ;
Renoncez, pour lui plaire, à cette humeur farouche,
De vos iniquités vous tarirez le cours.

Vous aurez un rocher en place de la terre,
Et ce rocher pour vous donnera des flots d'or !
Le Très-Haut combattra contre votre adversaire
Et vous aurez d'argent un immense trésor.

Vous goûterez en Dieu des douceurs sans pareilles,
Et sa main n'aura plus pour vous que des bienfaits.
Alors, pour vous entendre il sera tout oreilles,
Et sera toujours près d'accomplir vos souhaits !

Tout vous réussira plus qu'on ne le peut croire,
Tous vos sentiers seront inondés de clarté ;
Le pécheur repentant recouvrera sa gloire ;
L'innocent sera sauf, lui, par sa pureté.

XXIII.

Mes paroles, dit Job, seront encore amères,
Car la main qui me frappe aggrave trop mon mal.
Que ne puis-je à Dieu même exposer mes misères,
Et m'aller présenter jusqu'à son tribunal.

Car alors devant lui j'exposerais ma cause,
Et je lui prouverais que je suis innocent,
Puis, j'attendrais enfin que sa bouche m'expose
La raison pour laquelle il me livre au tourment.

Pourvu qu'il n'usât pas de toute sa puissance
Qu'il ne m'accablât point du poids de sa grandeur,
Qu'il laissât libre cours à ma faible innocence,
Je ne douterais pas que j'en sorte vainqueur.

Le cherché-je au Levant? recherche superflue :
A l'Occident? mon œil ne peut l'apercevoir :
Irai-je au Nord? qu'y faire? il échappe à ma vue :
Irai-je vers le Sud? Je ne pourrai le voir.

Mais il connaît la voie en laquelle je passe ;
Comme l'or au creuset il m'a purifié ;
Mes pieds n'ont point cessé de marcher sur sa trace ;
Et de sa voie, enfin, je n'ai point dévié.

Je n'ai point violé ses saintes ordonnances ;
J'ai gravé dans mon cœur tous ses commandements :
Seul, il est ; nul ne peut changer ses prévoyances ;
Tout ce qu'il a voulu se fait en même temps.

Lorsque sa volonté sur moi se sera faite
Beaucoup d'autres moyens resteront à son choix :
C'est pourquoi devant lui mon âme est stupéfaite,
Et l'effroi me saisit, voyant ce que je vois.

Mon cœur est amolli par tant d'objets funèbres,
Et pour le Tout-Puissant je suis épouvanté,
Je n'ai pu jusqu'ici succomber aux ténèbres,
Et mes yeux ne sont pas privés de la clarté.

XXIV.

Aux yeux du Tout-Puissant les temps sont explicites;
Mais parmi ses amis nul ne connaît son jour :
Les uns vont de leurs champs reculer les limites,
Et ravir des troupeaux pour les paître à leur tour ;

Ils chassent devant eux le taureau des pupilles,
De la veuve, pour gage, ils emmènent l'ânon,
Des humbles, ici-bas, troublent les jours tranquilles,
Et les font tous gémir sous leur oppression.

Et d'autres, au désert, comme l'âne sauvage,
Pour nourrir leurs enfants vont guetter le butin :
Dans le champ du prochain ils portent le ravage,
De la vigne du faible ils cueillent le raisin.

Ils ne laissent à ceux qu'atteint leur barbarie,
De tous leurs vêtements pas le moindre débris
Qui put les protéger du froid et de la pluie;
Ils entassent des rocs pour trouver un abri.

Ils n'ont pas épargné l'orphelin sans défense,
Même à des indigents par la faim éprouvés,
Qui n'avaient pour soutien de leur triste existence
Que de maigres épis, ils les ont enlevés.

Et, parmi leurs larcins ils s'endorment tranquilles
Quand de soif meurent ceux qui foulaient les raisins.
Ils ont fait soupirer les hommes dans les villes ;
Et cependant les cris des victimes sont vains.

Rebelles ils se sont montrés à la lumière ;
Hors des sentiers du bien ils marchaient à grands pas,
Sans qu'on les vît jamais revenir en arrière ;
Et Dieu n'a pas pourtant arrêté leurs ébats.

Dès l'aube du matin le meurtrier se lève,
Il devient tour-à-tour larron pendant la nuit,
Et le faible, le jour, tombera sous son glaive,
Le libertin attend les ténèbres et dit :

« L'on ne me verra pas, » et couvrant son visage,
Il court au rendez-vous qu'ils ont fixé d'accord :
La lumière est l'effroi de leur libertinage :
L'aube vient-elle, ils croient voir l'ombre de la mort.

Il marche dans la nuit comme dans la lumière,
Et son pied raserait la surface des flots !
Que son sort à jamais soit maudit sur la terre,
Et qu'il ne marche pas aux sentiers du repos.

Qu'il passe de la glace à la chaleur extrême,
Que ses débordements le suivent aux enfers,
Qu'il n'ait aucune part à la pitié suprême,
Et que sa douceur soit d'être mangé des vers.

Que sa mémoire aussi disparaisse du monde.
Qu'il tombe comme un bois qui ne produisait rien.
Pendant qu'il nourrissait une femme inféconde,
A la veuve affligée il n'a pas fait de bien.

Quand il faisait tomber les forts sous sa puissance
Sa force ne pourra lui conserver ses jours,
Dieu lui donna du temps pour faire pénitence,
Il en abuse : Dieu de ses faits voit le cours !

Précipités bientôt de leur base éphémère,
Ils courberont enfin leurs fronts humiliés !
Ils auront le destin des choses de la terre,
Et comme des épis ils se verront broyés !

Quelqu'un prétendrait-il m'accuser de mensonge ;
Que ce n'est pas ainsi que les choses ont lieu ;
Ou que de mon cerveau ce sont là de vains songes ;
Que mes discours enfin sont indignes de Dieu ?

XXV.

Baldad de Suh lui dit : La terreur et l'empire
Sont à celui-là seul qui règle et fait reluire
      L'harmonie au plus haut des cieux !
Qui, de ses légions pourrait compter le nombre ?
Et qui, de sa clarté ne voit, dans la nuit sombre,
      Briller la lumière à ses yeux ?

Comment donc, devant Dieu, serait-il pur et juste,
L'homme né de la femme ? en sa présence auguste,
      Quand la lune éteint son flambeau !
Quand des astres du ciel s'obscurcit la lumière,
Combien plus un mortel, lui, qui n'est que poussière,
      Le fils de l'homme ! un vermisseau !

XXVI.

Job répondit : — A qui prêtez-vous assistance ?
Est-ce un faible mortel dont on prend la défense,
      Qu'on soutient de son bras ?
Pour qui ces beaux conseils ? Manque-t-il de sagesse,
Pour l'instruire ? Croit-on faire grande prouesse
      Avec tant de fracas ?

Hé quoi ! celui qu'ainsi vous prétendez instruire,
N'est-ce pas celui-là dont la main sut produire
      Les âmes, les esprits?
Celui qui fait gémir, ainsi que leur victime,
Les géants monstrueux jusqu'au fond des abîmes,
      A leur séjour prescrits !

Qui voit l'enfer à nu, pour qui point de mystère,
D'abîme si profond qui puisse se soustraire
      A son regard perçant !
Qui lance l'aquilon dans l'espace du vide !
Qui suspendit la terre, en un globe solide,
      Au-dessus du néant?

Qui resserre les eaux captives dans les nues,
Les modère, et les tient dans les airs suspendues
      Par des freins de vapeur !
Qui jusqu'au haut des cieux établissant son trône,
Aux regards des mortels le cache et l'environne
      D'un nuage trompeur !

Qui prescrivit aux flots l'enceinte où la mer gronde,
Tandis que, tour-à-tour, passeront sur le monde
      La nuit et le soleil!
Qui fait trembler du ciel les colonnes troublées,
Et retentir au loin leurs voûtes ébranlées
      Par un simple clin d'œil !

C'est lui dont, tout-à-coup, la puissance sublime
Fit concentrer les flots dans le sein de l'abîme,
　　　Et les dompta fougueux !
C'est lui qui dans les cieux a semé les étoiles,
Et ces pâles flambeaux qui semblent, sous leurs voiles,
　　　Un serpent tortueux !

Voilà de sa puissance une esquisse infidèle !
Si c'est là de sa gloire une faible étincelle
　　　Qu'il fait briller pour nous !
Qui pourrait soutenir (quel mortel sur la terre!)
Le poids de sa grandeur et l'éclat du tonnerre
　　　De son divin courroux ?

XXVII.

Job, après un repos, reprit donc la parole,
Et, poursuivant le cours de cette parabole,
　　　Dit : par le Dieu vivant
Dont la main, sans motif, me frappe et me consume,
Par vous qui remplissez mon âme d'amertume,
　　　J'en jure, ô Tout-Puissant !

Tant que mon cœur battra d'un seul souffle de vie
Et tant que de mon sein ne sera pas ravie
   La respiration !
Je ne me permettrai rien d'injuste ou de louche,
Le mensonge jamais ne souillera ma bouche
   De son lâche poison !

Dieu me garde de croire à votre omniscience :
Aussi, jusqu'à la mort, sûr de mon innocence,
   Je la proclamerai.
Ma défense, par moi sera donc poursuivie,
Car mon cœur ne condamne aucun jour de ma vie ;
   Donc je continuerai.

Qu'on tienne pour impie, enfin, mon adversaire,
Pour injuste celui qui me serait contraire
   En voyant mon malheur ;
Car que peut devenir l'espoir de l'hypocrite,
Enrichi de rapine, s'il ne change, et mérite
   D'avoir Dieu pour sauveur ?

Au jour de son malheur, Dieu pourra-t-il l'entendre ?
Le bras du Tout-Puissant viendra-t-il le défendre,
   Pourra-t-il le toucher ?
Je vais vous dire, avec l'assistance divine,
Ce que le Tout-Puissant, à la fin, lui destine,
   Je n'en veux rien cacher.

Mais vous-mêmes, déjà, vous le savez d'avance.
Pourquoi donc nous tenir, par pure impertinence,
Des discours imprudents?
Voici ce que l'impie aura donc pour partage,
Ce que, du Tout-Puissant, auront pour héritage
Les hommes violents :

Ses fils périront tous par le tranchant du glaive!
Et, de ses petits-fils la race qui s'élève
Languira par la faim :
Tous ceux qui resteront, après lui, de sa race,
Seront ensevelis dans la même disgrâce,
Sans nul secours humain.

Aura-t-il entassé l'argent comme la terre,
De vêtements sans fin rempli son vestiaire,
Il aura préparé !
Le juste jouira du fruit de l'avarice :
Semblable au ver à soie, il fait une bâtisse
Dont il sera sevré.

L'homme n'emporte rien à son heure dernière;
Et, s'il vient à rouvrir les yeux à la lumière,
Tout aura disparu.
Les flots du dénûment inonderont sa tête;
Il portera, la nuit, le poids de la tempête,
Sans être secouru !

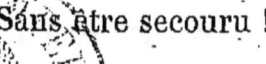

3*

Un vent brûlant survient, le saisit et l'enlace,
Et, comme un tourbillon l'enlève de sa place.
C'est le souffle de Dieu !
Il veut fuir, il ne peut échapper à sa perte
Et le passant rira de sa place déserte
En contemplant son lieu.

XXVIII.

L'argent a certains lieux où serpentent ses veines ;
L'or a des gisements et des places certaines
Pour se former en grain :
La matière du fer se tire de la terre ;
Lorsque par la chaleur est dissoute la pierre,
Elle devient airain.

L'homme a su les tirer de leurs sombres retraites,
Et le but pour lequel toutes choses sont faites
Par son œil est surpris :
Dans l'ombre de la mort son regard les découvre
Ces cailloux dont, malgré la rouille qui les couvre,
Il reconnaît le prix.

Entre peuples divers s'élevait un abîme
Dont le pauvre n'eût pas osé franchir la cime,
   Il y prend son essor !
La terre lui donnait un froment salutaire ;
Il allume, en ses flancs, le feu pour en extraire
   Des saphirs ou de l'or !

A l'aile de l'oiseau sa route est inconnue,
Le regard du vautour qui plane dans la nue
   Ne la connaissait pas !
Ni les fils des marchands, ni la lionne altière
N'avaient jamais encor tracé dans sa poussière
   L'empreinte de leurs pas !

Sa main brise les rocs, ôte aux monts leurs racines,
A travers les rochers, il creuse des ravines ;
   Rien n'échappe à ses yeux.
Sa profondeur ne peut protéger la rivière,
Elle est forcée aussi de rendre à la lumière
   Ses trésors précieux.

Où trouver la sagesse ? où gît l'intelligence ?
L'homme ignore son prix : elle fuit la présence
   De tout voluptueux :
« Elle n'est point ici ; » vous répondra l'abîme ;
Et les flots vous diront, avec leur voix sublime,
   Qu'elle n'est point chez eux.

Nul poids d'argent ne peut faire échange contre elle;
L'or le plus pur la trouve également rebelle,
      Fût-ce de l'or d'Ophir :
L'Inde avec ses tissus aux couleurs admirables,
Ni le plus bel onyx ne lui sont comparables;
      Non plus que le saphir.

Ni l'or, ni le cristal où brille la lumière,
Les vases précieux par l'art et la matière,
      Rien ne l'égalerait !
Si vous la comparez aux monts les plus sublimes,
Elle s'élève encore au-dessus de leurs cimes !
      Son principe est secret.

Que de l'Éthiopie on vante la topaze,
Et les riches tissus de la plus fine gaze,
      Ils n'offrent rien de tel.
D'où vient donc la sagesse ! où gît l'intelligence ?
Elle cache aux mortels, ici-bas, sa présence,
      Même aux oiseaux du ciel !

L'enfer et le trépas ont dit : « — De ses merveilles
Le bruit, aux temps passés, a frappé nos oreilles,
      Mais, quant à nous, c'est tout. »
Dieu seul connaît sa voix, et le lieu qu'elle habite :
Son œil de l'univers embrasse la limite
      Et pénètre partout !

C'est lui qui donne aux vents leur force si rapide !
Qui suspendit les eaux dans l'espace du vide,
　　Et leur trace des lois.
Et, quand il dirigeait au-dessus de nos têtes
Les éclats de la foudre et le bruit des tempêtes,
　　Elle vient à sa voix !

C'est alors qu'il la vit, et qu'il la révélée ;
Puis il l'a préparée, et nous l'a dévoilée
　　Dans toute sa grandeur !
A l'homme il dit alors : « — Voilà l'intelligence,
C'est d'éviter le mal : — Voici la sapience,
　　C'est craindre le Seigneur. »

XXIX.

Job reprenant encor le fil de ses pensées
　　Poursuivit ainsi son discours :
Qui me ramènera vers ces heures passées
　　Où Dieu me donnait son secours !

Alors que, m'éclairant des feux de sa tendresse
　　La nuit même avait sa clarté !
Comme j'étais enfin aux jours de ma jeunesse
　　Lorsqu'il était à mon côté :

Lorsque le Tout-Puissant me couvrant de son aile,
  J'étais entouré de mes fils ;
Quand l'huile ruisselait : du lait de leur mamelle
  Lorsque m'inondaient mes brebis ;

Lorsque je me rendais aux portes de la ville,
  Sur la place où tous m'attendaient,
Aussitôt s'écartait la jeunesse civile ;
  Les vieillards debout se tenaient :

Les princes, tout à coup rentrant dans le silence,
  Sur leur bouche plaçaient leurs doigts ;
Sur leurs lèvres, les chefs sentaient en ma présence
  Expirer les sons de leur voix.

A ma vue éclataient des transports d'allégresse,
  Et chacun voulait mon bonheur ;
Quand j'avais secouru le pauvre en sa détresse,
  Et l'orphelin sans protecteur.

La veuve et l'opprimé, dans leur douleur extrême,
  S'adressaient à mon tribunal ;
La justice, toujours, était mon diadème,
  L'équité mon manteau royal.

Moi, le pied du boiteux, de l'aveugle la vue,
    Je remplissais tous leurs besoins;
A bien examiner une affaire inconnue
    J'apportais tous les plus grands soins.

Sans crainte je brisais la mâchoire à l'impie,
    J'ôtais sa proie à son gosier;
Je me disais : — En paix je finirai ma vie,
    A l'âge avancé du palmier.

Ma racine s'étend près des eaux, la rosée
    Nourrira la sève en mon sein :
Ma gloire deviendra tous les jours mieux posée,
    Et mon arc plus fort en ma main.

Chacun avec respect accueillait ma sentence,
    Sans témoigner le moindre fiel :
Ils n'osaient rien répondre, et ma douce éloquence
    Coulait sur eux comme le miel.

Ils m'attendaient béants, comme on attend la pluie
    Qui vient à l'arrière-saison :
La foule, à mon sourire, était comme éblouie,
    Toute heureuse de ce rayon.

Si j'allais en public, j'y paraissais en maître
    Comme un monarque protégé
Par ses gardes ; pourtant, je ne cessais pas d'être
    Le réconfort de l'affligé.

XXX.

Maintenant les plus vils et les plus misérables
    Me vilipendent de concert ;
Des gens qui disputaient leur repas déplorable
    Avec l'animal du désert ;

Des gens qui dévoraient les herbes les plus dures
    Avec un plaisir délirant,
Qui n'avaient d'autre abri que les fentes obscures
    Qu'offrent les ravins du torrent ;

Des gens, enfin, sans nom, sans avoir, sans naissance,
    Déchargent sur moi leurs mépris
Et triomphent tout haut de ma grande souffrance,
    De mes plaintes et de mes cris !

Tous, loin de ma personne, aux maux abandonnée,
    Se sont enfuis avec horreur !
Ils abreuvent d'affronts ma vie infortunée,
    Et m'accablent de leur fureur.

Oui, tout a disparu quand Dieu s'armant lui-même
 A, contre moi, de son carquois
Épuisé tous les traits : lorsque sa main suprême,
 Amis comme un frein à ma voix.

Sur moi, de toutes parts, les maux qu'elle rassemble
 Soudain précipitent leurs coups,
M'assiégent en tous sens, et m'abîment ensemble
 Ainsi que des flots en courroux.

Leurs ruses, leurs efforts ont effacé la trace
 Des routes où marchaient mes pas ;
Ils triomphent enfin, et nul à ma disgrâce
 Ne prête l'appui de son bras.

Comme par une brèche ouverte à la muraille,
 S'élançant à pas de géant,
Leur innombrable essaim me tourmente et m'assaille,
 Et va me réduire au néant.

Ainsi qu'au gré des vents se dissipe un nuage
 Formé de légères vapeurs ;
Tel, tout à coup, Seigneur, devant votre visage
 S'est évanoui mon bonheur.

Mon âme se consume : avec persévérance,
    Mes impitoyables bourreaux,
Dans mes jours de douleur et mes nuits de souffrance,
    Ne me laissent aucun repos.

Les vers, au lieu d'habits que leur nombre dévore,
    Me couvrent comme un vêtement ;
Je suis comme une cendre où le feu brûle encore,
    Ou comme un impur sédiment.

Cependant, devant vous, mon Dieu, je pleure et crie,
    Et vous, vous détournez les yeux :
Vous m'accablez du poids d'une immense furie,
    Ainsi qu'un tyran odieux.

Ne m'éleviez-vous donc au comble de la gloire
    Qu'afin de me briser plus fort?
C'en est fait ; le tombeau va ravir ma mémoire,
    Je n'ai plus d'espoir que la mort.

Votre main, cependant, jusqu'à la perte entière,
    Ne poursuit pas l'homme toujours ;
Et lorsqu'il se repent, souvent de sa carrière
    Vous daignez prolonger le cours.

Avez-vous sans retour, Seigneur, juré ma perte?
    Le malheur vit toujours mes pleurs :
A la tendre pitié mon âme fut ouverte ;
    Sourd à mes cris, direz-vous : « Meurs ! »

Lorsque j'en attendais une gloire nouvelle,
    C'est des revers que je reçois ;
Quand je m'en promettais une splendeur plus belle
    C'est le tombeau que j'aperçois.

Mon sein d'un feu secret est consumé sans cesse ;
    Je marche dans l'affliction ;
Il échappe, en public, des cris à ma détresse,
    Des cris d'autre être ou de dragon.

Ma peau sur tout mon corps est livide et ternie,
    Mes os sont rongés de douleurs,
Le deuil a, de mon luth, remplacé l'harmonie,
    Il n'a d'accords que pour les pleurs.

XXXI.

Pour ne pas regarder un visage de femme ;
    J'ai fait un pacte avec mes yeux ;
Sans quoi le Tout-Puissant quelle part à mon âme
    Pourrait-il donner dans les cieux !

Dieu ne proscrit-il pas toutes coupables joies ?
    Ne perdra-t-il pas les méchants?
N'a-t-il pas l'œil ouvert pour voir toutes mes voies?
    N'observe-t-il pas mes penchants?

Si mes pieds ont couru prompts à la violence,
    Et marché dans la vanité,
Que Dieu me pèse enfin dans la juste balance,
    Il verra ma simplicité.

Si mon pied a quitté les sentiers de justice,
    Si mes yeux ont séduit mon cœur,
Si j'ai sali mes mains par le contact du vice,
    Qu'il étende son bras vengeur.

Si mon cœur s'est épris aux charmes d'une femme,
    Et si j'ai trahi mon ami,
Que ma femme devienne à son tour une infâme,
    Le jouet de mon ennemi.

Car c'est un crime énorme, et jusqu'à la ruine
    S'étend son effet devorant;
Il consume et détruit tout jusqu'à la racine,
    Comme un incendie effrayant.

Si de mon serviteur j'ai dédaigné la plainte,
    Lorsqu'il contestait contre moi :
Quand Dieu me jugera quelle sera ma crainte ?
    Que repondrai-je en mon effroi ?

N'avons-nous pas tous deux une source commune,
    Un même maître dans les cieux?
Si j'ai des indigents méprisé l'infortune ,
    De la veuve attristé les yeux ;

Si j'ai mangé mon pain tout seul et sans partage,
    Sans en donner à l'orphelin ;
(Dès le sein de ma mère et dès mon plus jeune âge
    A la pitié je fus enclin :)

Si tous les malheureux, transis par la froidure,
    De moi n'ont pas reçu d'habits ;
Si leurs membres n'ont pas béni de leur parure
    La laine de mes brebis :

Si, contre l'orphelin ma main s'est approchée
    Quand j'étais juge souverain ;
Puisse, d'avec mon corps l'épaule détachée,
    Avec mes os tomber ma main :

4

Mais toujours j'ai craint Dieu ; des flots de la vengeance
    Je n'ai pu supporter le poids.
Jamais je ne plaçai dans l'or ma confiance
    Ni ne lui dis : « C'est toi mon choix. »

Si j'ai mis mon plaisir dans ma force opulente,
    Ou les biens que j'avais acquis ;
Si, voyant du soleil la lumière éclatante,
    Ou celle de l'astre des nuits,

Je m'en suis applaudi d'une secrète joie,
    Les saluant avec honneur ;
Sacrilége tribut d'un esprit qui dévoie
    Et qui renonce le Seigneur ;

Si m'ont fait du plaisir le mal et la ruine
    De celui qui me haïssait ;
Si jamais contre lui ma langue, à la sourdine,
    A décoché le moindre trait :

Si je n'ai pas ouï dire aux gens de ma tente :
    « Donnez-nous sa chair à manger » !
Si, pour le voyageur, ma table fut absente,
    Ma porte close à l'étranger :

Si j'ai caché mes torts, comme on fait d'ordinaire,
  Et déguisé la vérité ;
Si je fus effrayé des plaintes du vulgaire
  Et des cris de ma parenté :

Si j'ai fait, de ma tente, un pas pour les reprendre
  Et les punir de ces méfaits !
Qui me donnera donc un juge pour m'entendre ?
  Que Dieu se rende à mes souhaits.

Et que celui qui juge écrive ma requête !
  Alors, devant son tribunal,
Moi, je la porterai tout joyeux, sur ma tête,
  Comme un diadème royal.

A chaque pas, tout haut, j'en ferai la lecture,
  M'offrant à tous comme à mes chefs ;
Si mon bien, contre moi, se plaint de quelque injure,
  Si mes sillons ont des griefs ;

Si j'ai mangé leurs fruits, les pressant par rapines,
  Sans dédommager les colons ;
Qu'ils me donnent, au lieu de froment, des épines,
  En place d'orge, des chardons.

XXXII.

Les trois vieillards cessèrent de répondre
Job ne voulant s'avouer criminel ;
Un autre alors prétendit le confondre,
Eliu de Buz et fils de Barachel.

Il s'indigna que Job eût eu l'audace,
Aux yeux de Dieu, de se croire innocent ;
A ses amis il ne fit pas plus grâce
Des flots bouillants de son ressentiment.

Il s'indigna que leur faible éloquence
Eût contre Job un succès si borné
Que, sans pouvoir faire à son innocence
La moindre atteinte, ils l'eussent condamné.

Par déférence il cédait la parole
Aux plus âgés, mais quand Job eût tout dit,
Des trois vieillards voyant le triste rôle,
Il ressentit un violent dépit.

A vous étant inférieur en âge ;
Leur répondit le fils de Barachel,
Sans dire un mot, et baissant le visage,
J'ai respecté ce début solennel.

Je me disais : Des ans l'expérience
De la sagesse empruntera la voix :
L'homme a l'esprit, mais pour l'intelligence
C'est Dieu qui la donne, à ce que je vois.

L'âge toujours ne fait donc pas le sage,
Et le vieillard souvent n'a pas raison :
Ecoutez donc, vous aussi, mon langage,
Que je vous fasse, à mon tour, la leçon.

Jusqu'à la fin j'ai suivi vos paroles ;
Mais contre Job tous vos raisonnements
Ne m'ont paru que des discours frivoles
Qui n'ont, en rien, détruit ses arguments.

Ne dites point : Nous avons la sagesse,
Dieu, non pas l'homme, a frappé de tels coups.
Job ne m'a point parlé dans sa détresse ;
Je ne veux point lui parler comme vous.

Ils sont confus : les voilà bouche close;
Ils ont perdu l'usage de la voix :
J'attendais donc qu'ils disent quelque chose;
Mais c'est en vain : ils sont demeurés cois.

Je vais aussi, moi, montrer ma science,
Et décharger le trop-plein de mon cœur :
En moi je sens un esprit qui s'élance
Comme d'un vin doux jaillit la liqueur.

De cet esprrit, en mon sein, qui bouillonne,
Je veux enfin me soulager un peu;
Je parlerai sans égard pour personne :
Je n'irai point égaler l'homme à Dieu.

Je ne sais point le temps que je dois vivre
Ni jusqu'où Dieu prolongera mes jours :
Ecoutez donc, Job, et veuillez bien suivre,
Avec grand soin, le fil de mes discours.

XXXIII.

J'ai commencé : que ma bouche s'exprime,
D'après mon cœur, avec simplicité :
Je prétends moins au langage sublime
Qu'à dévoiler toute la vérité,

L'esprit de Dieu me créa de la terre,
Du Tout-Puissant le souffle m'anima ;
Si vous pouvez, soutenez le contraire ;
Le même Dieu tous les deux nous forma.

De notre corps la boue est donc la même,
Et rien en moi ne doit vous effrayer :
J'userai donc d'une indulgence extrême.
Vous avez dit dans votre plaidoyer :

« Je suis sans tache, exempt de toutes feintes ;
Aucun péché par moi ne fut commis :
Dieu cherche en moi de vains sujets de plaintes
Pour me traiter comme ses ennemis :

Il a chargé mes jambes d'une chaîne,
Son œil avide a scruté tous mes pas. »
De tels discours semblent empreints de haine,
A l'homme, enfin, Dieu ne ressemble pas.

Vous l'accusez, par une plainte folle,
Qu'à vos discours il n'ait pas répondu :
Dieu ne dit pas à deux fois sa parole ;
Malheur à qui ne l'a pas entendu !

Il parle, en songe, alors qu'après les veilles,
Le sommeil vient engourdir tous nos sens,
De l'homme alors, il ouvre les oreilles,
Et lui fait part de ses enseignements,

Pour l'empêcher de commettre le crime,
Le préserver du vice de l'orgueil;
Pour l'arrêter au bord de quelque abîme,
Ou pour lui faire éviter quelque écueil.

Il parle encore, alors qu'il le châtie,
Par la douleur, quand son corps est perclus,
Qu'il a dégoût pour le pain de la vie
Et pour les mets qu'il estimait le plus.

Sa chair se perd, et sa vigueur se broie,
Et comme à nu paraissent tous ses os :
La mort est là, prête à saisir sa proie
Pour la plonger dans la nuit du tombeau.

Un ange alors vient-il à sa défense
D'entre les mille entourant le Très-Haut,
Dieu, tout à coup, use de sa clémence;
Délivrez-le, lui dit-il aussitôt :

Délivrez-le du tourment qui l'oppresse ;
Qu'il n'entre pas dans la corruption,
Qu'on le ramène aux jours de sa jeunesse :
J'ai trouvé lieu de lui donner pardon.

Il priera Dieu qui lui sera propice ,
Il reverra sa face en triomphant;
Dieu lui rendra de nouveau la justice ,
Il reverra les hommes en disant:

« J'étais pécheur , et digne de tout blâme,
Avec rigueur Dieu ne m'a pas traité. »
Dieu , de la mort, a délivré son âme,
Il a rouvert ses yeux à la clarté.

De Dieu sur nous telle est donc la conduite ,
Jusqu'à trois fois nous sauvant du trépas;
Attention, Job , écoutez la suite
De mon discours ; ne m'interrompez pas.

Si vous pouvez , parlez pour me confondre ,
De vous voir pour toujours je désirai ;
Si vous n'avez , aussi , rien à répondre ,
Ecoutez bien , moi je vous instruirai.

XXXIV.

Sages, voyez ce que je vous conseille ;
En gens sensés, écoutez jusqu'au bout ;
Car, du discours on juge par l'oreille
Comme des mets on juge par le goût.

Voyons en quoi consiste la justice ;
Examinons ce qu'il est de meilleur :
« Je suis, dit Job, pur de toute malice,
Et Dieu me traite avec trop de rigueur :

On m'a frappé d'une injuste sentence
En me perçant des flèches de la mort ;
Je ne vois pas dans ma vie une offense
Qui dût sur moi provoquer pareil sort.

Quel homme à Job peut être comparable
Pour avaler l'insulte comme l'eau ;
Qui marche avec l'impie abominable
Et du méchant partage le fardeau.

Car il a dit : « L'homme à Dieu ne peut plaire
Quand même un jour il ne l'eût pas quitté. »
Hommes sensés, que ma voix vous éclaire ;
Loin de Dieu soit pareille impiété.

Il traitera l'homme d'après sa vie,
Conformément à l'œuvre de ses mains ;
Non. l'équité, jamais il ne l'oublie,
Ses jugements enfin ne sont pas vains.

Quel autre a-t-il établi sur la terre
Pour commander au monde qu'il a fait ?
S'il lui jetait un regard de colère,
En lui la vie aussitôt s'éteindrait.

Oui, tout mortel retournerait en cendre
S'il se trouvait privé de son secours ;
Ecoutez donc, si vous pouvez comprendre,
Et méditez le sens de mon discours.

Peut-on guérir quand on hait la justice,
Et quand on fait de Dieu si peu d'état ?
Lui qui confond les grands de leur malice,
Et dit au roi, « Tu n'es qu'un apostat ; »

Qui n'a d'égard pour aucune puissance
Qui méconnaît tous ces tyrans hautains
Qui, sans pitié, pressurent l'indigence ;
Parce que tous sont l'œuvre de ses mains !

Dans un instant, pendant la nuit profonde,
Ils se verront enlevés par la mort ;
Et leur trépas troublera tout le monde ;
Les puissants sont emportés sans effort.

L'œil de Dieu voit toute notre malice ,
Il considère , en secret, tous nos pas :
Il n'est point d'ombre à qui fait l'injustice ,
Et le tombeau ne le cachera pas.

Nul homme alors ne sera recevable
En jugement pour s'entendre avec Dieu ;
Ils périront en nombre incalculable ;
D'autres seront élevés en leur lieu.

Car il connaît les œuvres de leurs vies,
Dans la nuit donc il a tout englouti ;
Ouvertement il les traite en impies
Ceux qui par choix quittèrent son parti :

Ceux qui n'ont pas voulu garder sa crainte ,
Vers Dieu , du pauvre ont fait monter les cris ;
Des malheureux car il entend la plainte !
Mais de la paix qui peut troubler le prix ?

Si son visage, une fois, se retire,
Qui le pourrait revoir dans l'univers?
A l'hypocrite il ne donne l'empire
Que pour punir les crimes du pervers.

Au nom de Dieu je porte la parole;
A votre tour, parlez, je le veux bien;
Si, selon vous, mon discours est frivole,
Instruisez-moi, je ne dirai plus rien.

Si mon discours a donc pu vous déplaire
A qui doit-on imputer ce malheur?
N'avez-vous pas entamé cette affaire?
Donnez-nous donc vous-même du meilleur.

Que l'homme sage entende ma pensée,
J'écouterai, moi, les raisons des gens
Job a parlé d'une sorte insensée;
Et ses discours sont vides de bon sens.

Mon Dieu, de Job que le mal soit extrême,
N'épargnez pas l'homme d'iniquité!
A ses péchés lui qui joint le blasphème!
Mais que l'accable, au moins, la vérité.

XXXV.

Qu'il aille exprès provoquer en justice
Le Tout-Puissant. — Le fils de Barachel
Dit donc à Job : Auriez-vous l'injustice
De vous juger plus haut que l'Éternel ?

Vous avez dit : A quoi sert la droiture ?
Qu'importe à Dieu le mal qu'on a commis ?
Pour moi je veux réfuter cette injure
Et vous répondre ainsi qu'à vos amis.

Voyez combien ce ciel qui nous éclaire
Est au-dessus de nous par sa hauteur ;
Quel mal à Dieu le péché peut-il faire ;
Et que lui font les actes du pécheur ?

Eh ! que lui donne aussi votre justice ;
Que reçoit-il du bien que l'homme fait ?
Au prochain peut nuire votre malice,
Vous le pouvez aider par un bienfait.

Que de pleurs fait verser la calomnie !
Et que de cris arrachent les tyrans !
Nul n'a cherché la puissance infinie
Qui, dans la nuit, nous inspire ses chants :

Qui nous rend plus éclairés que les bêtes,
Et plus instruits que les oiseaux des airs :
Elle sera donc sourde à leurs requêtes
Par le motif de l'orgueil des pervers :

Car, sans motif, Dieu n'est pas sourd aux plaintes;
Mais à chacun il rend selon ses droits :
Mais direz-vous, il ne voit pas mes feintes.
Pour vous juger vous entendrez sa voix.

Dieu, maintenant, souffre en ce qui le touche,
De sa justice il arrête le cours :
C'est donc en vain que Job ouvre la bouche
Pour répéter de coupables discours.

XXXVI.

Mais Eliu, poursuivant sa défense,
Dit : Prêtez-moi l'oreille encore un peu,
Et laissez-moi dire ce que je pense :
Tout n'est pas dit pour la cause de Dieu.

Je reprendrai mon discours à sa source,
Du Créateur pour prouver l'équité :
Et du mensonge abhorran la ressource,
Je ne dirai rien que la vérité.

Pour les puissants Dieu n'est point impropice ,
Étant lui-même un être tout-puissant :
Mais de l'impie il condamne le vice ,
Et rend aussi justice à l'indigent.

· Car ses regards sont fixés sur le juste ,
Et sur le trône il élève les rois :
Il les revêt d'un caractère auguste
Et pour toujours fait respecter leurs droits :

Si , sous leurs pas , il creuse les abîmes
Pour les plonger dans la calamité ,
C'est pour punir leurs forfaits et leurs crimes ,
Parce qu'ils ont violé l'équité.

Pour les reprendre il leur ouvre l'ouïe ,
Il parle afin de corriger leur cœur ;
Se rendent-ils à ses ordres , leur vie
S'enrichira de gloire et de bonheur :

Mais sont-ils sourds, ils mourront sous le glaive,
Et s'éteindront dans leur état pervers :
Aux hommes faux Dieu ne fait point de trève
Leurs cris sont vains , une fois dans les fers.

Leur âme meurt au sein de la tempête,
Ils ont vécu parmi les libertins :
Le pauvre, lui, relèvera la tête,
Pour l'accueillir s'ouvrent les bras divins.

S'il est ainsi, sa bonté secourable
Vous sauvera de l'abîme du puits
Qui vous enserre; autour de votre table
Seront rangés les mets les plus exquis.

Quoi qu'on ait dit, si votre cause est **bonne**
Dieu jugera sous un tout autre point ;
Par passion ne nuisez à personne,
Et que les dons ne vous aveuglent point.

Humiliez-vous donc, de bonne grâce,
Et ceux qui font abus de leur pouvoir ;
Sans long sommeil que votre nuit se passe,
Pour rendre à tous selon votre dévoir.

Gardez-vous bien de l'injuste arrogance
Que vous montrez depuis votre malheur.
Que du Seigneur est grande la puissance !
Et! près de lui, qu'est le législateur ?

Qui peut sonder ses desseins adorables ?
Qui lui dirait : « Vos actes sont méchants ? »
Vous ignorez ses œuvres admirables
Dont on a fait l'objet de tant de chants.

A nos regards Dieu parle et nous transporte ;
Chacun le voit, mais c'est dans le lointain ;
Car Dieu, sur nous, en science l'emporte,
Et de ses ans la durée est sans fin.

Il tire en l'air les gouttes de la pluie.
Pour les répandre ensuite par torrents
Qui s'écoulant de la nue épaissie,
Couvrent au loin et fécondent les champs.

Quand il le veut il étend les nuées
Ainsi qu'un noir et sombre pavillon,
Enveloppant jusqu'aux mers éloignées,
Et que l'éclair déchire en long sillon.

Il fait, par là, reluire sa colère,
Comme aux mortels il donne aussi leur pain ;
Car dans ses mains il cache la lumière,
Puis il la fait reparaître soudain.

Voilà comment il sait faire connaître
A son ami qu'il est son seul appui,
Et qu'il régit tout en souverain maître,
Qu'il peut aussi s'élever jusqu'à lui.

XXXVII.

Sur ce, mon cœur et s'émeut et frissonne !
Ecoutez, Job, de sa voix les éclats ?
Avec quel bruit de sa bouche résonne,
Dans les échos, le terrible fracas !

Son œil, du ciel a mesuré l'espace,
Au même instant un éclair a jailli !
Soudain le suit un roulement qui glace !
Le plus hardi de peur a tressailli.

Le bruit passé, plus rien que le silence !
Sa voix sainte est un tonnerre effrayant !
Tout ce que fait le bruit de sa puissance,
Est à nos yeux impénétrable et grand.

C'est lui qui dit aux neiges de descendre,
Qui fait, l'hiver, tomber des torrents d'eau ;
Qui, dans la main de l'homme, pour le rendre
Apte au travail, imprime comme un sceau.

Dans son réduit se retire la bête,
Pour demeurer là dans l'inaction :
C'est du Midi que monte la tempête,
Le froid nous vient, lui, du Septentrion.

Dieu souffle, et l'eau de glaçons est bordée ;
Il souffle encore, elle reprend son cours :
Si le froment a besoin d'une ondée,
Soudain la pluie accourt à son secours.

La nue étend son parcours dans l'espace
Comme le veut celui qui la conduit,
Des lieux divers inondant la surface,
Pour accomplir les ordres qu'elle suit.

Elle est bientôt à sa voix accourue,
Quelle que soit la distance ou le lieu ;
Ecoutez, Job, arrêtez votre vue,
Et contemplez les merveilles de Dieu.

Savez-vous donc comment il les opère ?
Dites, comment se forme l'arc-en-ciel,
Connaissez-vous les routes du tonnerre,
Et les desseins profonds de l'Eternel ?

N'êtes-vous pas réchauffé quand l'haleine
Du vent du Sud souffle ? Est-ce votre main
Qui vint avec la grandeur souveraine,
Fondre les cieux comme un miroir d'airain ?

A lui parler veuillez donc bien m'instruire,
Moi qui suis tout aux ténèbres livré !
Qui lui dira ce que je viens de dire?
Ah ! par la gloire on serait dévoré !

De la lumière un nuage nous prive,
Un vent qui vient chasse l'obscurité :
De l'Aquilon vient l'or qui nous arrive ;
Mais Dieu partout doit être redouté.

Nous ne pouvons dignement le comprendre,
Car il est trop grand par ses jugements,
Par son pouvoir, les arrêts qu'il sait rendre,
Et nul ne peut sonder ses fondements.

Par conséquent, tout homme raisonnable
Conservera sa crainte dans son cœur ;
Celui qui croit être recommandable
Se gardera de braver sa grandeur.

XXXVIII.

Du sein d'un tourbillon Dieu se faisant entendre
Dit à Job : Quel est donc ce hardi fier-à-bras
Qui confond la sagesse en voulant nous l'apprendre ?
Viens que je t'interroge ; et tu me répondras.

Dis-moi, quand je posai les fondements du monde
Où donc te trouvais-tu ? Dis-le si tu le sais.
Qui traça la mesure à la voûte profonde !
Qui la mit au niveau ! Dis si tu le connais.

Comment se trouve-t-il affermi sur ses bases ?
As-tu vu son support ? En connais-tu le lieu ?
Des astres du matin quand me louaient les phases ?
Quand la joie éclatait parmi les fils de Dieu ?

Qui resserra la mer dans ses étroits rivages :
Quand sortit de mon sein son flot envahissant ,
Quand je la revêtis d'un voile de nuages ,
Quand je l'enveloppai des langes de l'enfant ?

Je lui traçai du doigt un but infranchissable ,
Je la soumis au frein en lui disant ces mots :
« Tu viendras jusque là, pas plus loin que ce sable ;
Tu briseras ici la fureur de tes flots. »

Est-ce toi qui, naissant, dis à l'aurore: « Éclaire; »
Aux astres du matin qui fixas leurs levers ?
Qui, pressant à deux mains les pôles de la terre,
De son sein profané secouas les pervers ?

Comme un cachet d'argile elle sera brisée ;
Et jetée au rebut ainsi qu'un vêtement :
La lumière aux méchants leur sera refusée ,
L'on verra se briser le bras le plus puissant.

As-tu de l'Océan la connaissance intime ?
Dans ses gouffres profonds as-tu porté tes pas ?
Du ténébreux empire as-tu sondé l'abîme ?
As-tu franchi le seuil des portes du Trépas ?

As-tu tout mesuré l'espace de la terre ?
Rien ne t'est-il caché ? Dis-le-moi, si tu peux.
Dis-moi dans quel endroit habite la lumière ;
Des ténèbres aussi dis-moi quels sont les lieux :

Afin qu'ayant si bien appris à les connaître ,
Tu puisses sûrement les régler dans leur cours !
Sans doute tu savais lorsque tu devais naître :
Tu connaissais aussi le nombre de tes jours ?

As-tu vu de tes yeux l'arsenal de l'orage,
As-tu porté le pied dans l'antre des frimas,
Ces armes dont mon bras sait faire un tel usage
Contre mes ennemis aux jours de mes combats ?

D'où viennent la clarté, la chaleur sur la terre ?
Qui fait tomber la pluie avec un tel concert,
Livre passage au bruit éclatant du tonnerre
Pour n'inonder, souvent, qu'un inculte désert ?

Pour féconder ainsi la plaine désolée,
Et la couvrir au loin de verdure et de fleurs,
Dis, quel sein a conçu la pluie ou la gelée,
Et qui de la rosée a brillanté les pleurs !

Qui peut rendre les eaux dures comme la pierre ?
Y trouver des dessins comme taillés au tour ?
Des Pléiades peux-tu confondre la lumière,
Ou pourras-tu de l'Ours empêcher le retour ?

Lucifer te doit-il sa clarté rajeunie ?
Donnes-tu le signal à l'étoile du soir ?
Est-ce toi qui du ciel as formé l'harmonie ?
De l'expliquer à fond aurais-tu le savoir ?

Serait-ce aussi ta voix qui commande à la nue,
Et tire des torrents de son sein épaissi ?
Fais-tu partir l'éclair, et, ta voix entendue,
Revient-il de nouveau te dire : Me voici ?

Quel est celui qui donne à l'homme la sagesse ;
L'instinct au coq ? Des cieux qui peut rendre raison ?
Et qui peut l'empêcher de se mouvoir sans cesse ?
Qui sema la poussière et décrit le sillon ?

Est-ce toi qui fournis sa proie à la lionne,
Et qui, dans leur réduit, nourris ses lionceaux ?
Apaises-tu leurs vœux, leurs cris, leur faim gloutonne,
En donnant leur pâture aux petits du corbeau ?

XXXIX.

Sais-tu juste le temps où la chèvre sauvage
Doit faire ses petits dans les rocs à l'écart ?
En travail as-tu vu la biche au roux pelage ?
Sais-tu le temps du port et le terme du part ?

Pour se débarrasser de leur progéniture
On les voit se courber, pousser des cris aigus :
Leurs petits les quittant s'en vont à leur pâture,
Vers elles désormais ils ne reviennent plus.

4

A qui l'onagre aussi doit-il l'indépendance ?
Qui l'a soustrait au joug que porte son pareil.
Je lui fis au désert une demeure immense ;
Il habite des lieux brûlés par le soleil.

Que lui fait des cités le bruit , la multitude ?
D'un maître impérieux il n'entend point les cris ;
Il s'en va parcourant la vaste solitude
Y cherchant à sa faim quelque verte oasis.

A creuser les sillons , ou fournir à la table
Forceras-tu, dis-moi, le fier rhinocéros ?
Contre un joug importun ou l'abri d'une étable
Voudra-t-il échanger son état de repos ?

Dans sa force puissante auras-tu confiance ?
Du soin de ses travaux, dis , le chargeras-tu ?
Et lui confieras-tu le fruit de ta semence ?
Fera-t-il sur ton aire un travail assidu ?

Manque-t-il à l'autruche un plumage semblable
A celui du héron ou bien de l'épervier ?
Quand elle met ses œufs à couvert dans le sable,
Est-ce toi qui maintiens la chaleur du gravier !

Que lui fait s'ils seront mangés par quelque bête
Ou bien foulés aux pieds par quelque voyageur?
On ne la voit jamais pour ses fils inquiète :
Elle travaille en vain, sans soucis et sans peur.

Mais si Dieu la priva d'instinct et de sagesse ,
Quand , s'aidant de son aile ainsi que d'un levier ,
Battant l'air elle court d'une extrême vitesse ,
Elle brave à la fois cheval et cavalier.

Doûras-tu le cheval de sa force si fière ?
Lui feras-tu pousser son vif hennissement ?
Le feras-tu bondir ainsi qu'un cicadaire ?
De ses ardents naseaux la terreur se répand

Son pied creuse le sol , avec nerf il se cabre ,
Au devant des soldats toujours prêt à partir ;
Il se rit de la peur , il affronte le sabre ,
Carquois et bouclier , faisant tout retentir :

Il bouillonne , il frémit , il dévore la terre.
Du clairon entend-il le bruit, il dit : « Allons » !
Impatient, de loin il respire la guerre ,
Entend la voix des chefs, les cris des bataillons.

L'épervier à ton ordre a-t-il pris son plumage ?
Et fais-tu qu'il étend ses ailes au midi ?
Feras-tu planer l'aigle au séjour de l'orage ?
Au sommet des rochers placeras-tu son nid ?

Dans le creux de la pierre il trouve sa retraite ;
Sur le plus haut sommet d'un rocher menaçant,
Immobile longtemps il se met en vedette,
Et, de là, rien n'échappe à son regard perçant.

Dans un vaste horizon il observe sa proie,
Et son œil l'aperçoit du point le plus lointain,
Et ses petits de sang s'abreuvent avec joie ;
Où se trouve un cadavre ils y fondent soudain.

Dieu s'adressant à Job lui dit d'un ton d'empire :
Quoi ! celui qui voulait disputer avec Dieu
Se tait obstinément, et n'a plus rien à dire !
Quand on accuse, on doit au moins répondre un peu.

Se voyant donc forcé de prendre la parole
Pour répondre au Seigneur, Job enfin répondit :
Que dire, j'ai parlé d'une manière folle ;
Que pourrais-je ajouter ? Je n'en ai que trop dit.

XL.

Du sein du tourbillon Dieu répondant encore
Dit à Job: — Ceins tes reins comme un brave guerrier ;
Je poursuis le débat, et tu pourras le clore ,
Toi , qui viens m'accuser pour te justifier.

Ton bras est-il semblable au bras de ma puissance !
Et ta voix de la mienne aura-t-elle le bruit?
Revêts-toi de grandeur et de magnificence.
Assieds-toi sur un trône et prends un riche habit :

Que tous les orgueilleux soient atteints par la foudre,
Que leurs fronts insolents tombent sous ses éclats;
Foule à tes pieds l'impie et le réduis en poudre ;
J'avoûrai que tu peux te sauver par ton bras.

Avec toi Béhémoth de moi reçut la vie ;
Au cèdre il est égal par ses membres puissants ;
Il tond, comme le bœuf, l'herbe de la prairie;
Sa force est dans son dos, sa vigueur dans ses flancs:

Sa queue est comme un mât, ses nerfs comme des cables
Et la peau de son ventre est comme un bouclier.
Comme des fûts d'airain ses os sont forts et stables;
Ses muscles sont pareils à des bandes de fer.

Ce chef-d'œuvre qu'il fit et vêtit d'une armure,
Dieu dispose à son gré de son glaive inouï :
Les herbages des monts lui servent de pâture,
Et les bêtes des champs sautent autour de lui.

Dans les lieux les plus frais, dans des retraites sombres
Tels que sont les roseaux, il se livre au sommeil ;
Les saules du torrent le couvrent de leurs ombres,
Et protégent son corps des ardeurs du soleil.

Sans se déconcerter il boirait tout un fleuve,
Il croirait du Jourdain pouvoir tarir les eaux :
D'une amorce, pourtant, il n'est pas à l'épreuve :
On le prend, et de pieux l'on perce ses naseaux.

Quant à Leviathan, penses-tu que l'on puisse
Le conduire au licol, le prendre à l'hameçon ?
A lui percer le nez crois-tu qu'on réussisse,
A lui fermer la gueule au moyen d'un bâillon ?

Viendra-t-il t'adresser une certaine instance,
Ou te faire un discours doucereux et flatteur ?
Viendra-t-il avec toi contracter alliance,
Et se dire à jamais ton humble serviteur ?

Oseras-tu , dis-moi, le donner à ta fille ,
Pour en faire un jouet, comme un gentil oiseau ?
Tes amis viendront-ils en manger en famille ?
Verras-tu les marchands l'acheter au morceau ?

Mettras-tu ses débris pour amorcer la nasse ?
Aux poissons feras-tu de sa tête un appât ?
De l'attaquer enfin si tu te sens l'audace ,
Tu ne chanteras pas la gloire du combat.

On se verrait bientôt trompé dans son attente ;
On serait devant tous , au fond précipité.
Je ne veux point causer une telle épouvante ;
Qui pourrait soutenir mon visage irrité ?

XLI.

Quelqu'un m'a-t-il prêté, que j'aie à lui remettre ?
L'univers tout entier n'est-il donc pas mon bien ,
Même Léviathan que je saurais soumettre ,
Malgré ses beaux discours et son rusé maintien ?

Qui pourra de son corps visiter la surface ?
De sa gueule comment sonder l'intérieur ?
Qui pourra pénétrer les portes de sa face ?
L'aspect seul de ses dents inspire la frayeur.

Tout son corps est couvert d'écailles si pressées
Qu'un souffle ne pourrait pénétrer entre deux ,
Comme des boucliers d'airain entrelacées,
Et se joignant ensemble en un tissu nerveux.

Son sifflement produit une flamme brûlante ,
Et ses yeux sont brillants comme l'éclat du jour ;
Le souffle de sa gueule est une torche ardente ,
Et ses naseaux fumants ont la chaleur d'un four.

Le feu sort de sa gueule, où le charbon s'allume :
Sa force est dans son cou ; la famine le suit ;
Son cœur est de granit et dur comme une enclume,
Il reste sans frayeur lorsque la foudre luit.

Les braves , consternés , tremblent quand il se lève ,
Ils sentent que pour eux le trépas est prochain :
Il méprise et les dards, et la lame , et le glaive ,
Du plus adroit archer il ne craint pas la main.

Pour lui (tant il fait fi des armes homicides),
Le fer n'est que du foin ; l'airain, qu'un bois pourri ;
Les masses , les cailloux , que des pailles arides ;
Voit-il le javelot qui siffle? il en a ri.

Plus haut que le soleil paraît sa tête altière ,
Comme sur de la boue il se roule sur l'or ,
Sous lui la mer bouillonne ainsi qu'une chaudière ,
Ou comme un gras parfum tout bouillonnant encore.

Un long sillon de feu signale sa présence ,
Et l'abîme blanchit comme un front de vieillard ;
Sur la terre il n'est point de semblable puissance.
Et la crainte en son cœur ne peut avoir de part :

Car il est fait de sorte à n'avoir rien à craindre.
Rien ne peut échapper à son regard ; son œil
Jusqu'aux lieux les plus hauts sans peine peut atteindre.
Il est le souverain des enfants de l'orgueil.

XLII.

Job , répondant à Dieu , dit : — Tout vous est possible
Je le sais ; à vos yeux il n'est point de secret ;
En faussant la sagesse on est répréhensible ;
J'ai parlé sans savoir ; j'étais bien indiscret.

Voyez mon repentir, le regret que m'inspire
Mon langage insensé ; pardon de mes écarts :
Je ne vous connaissais rien que par ouï dire ,
Je vous vois maintenant par mes propres regards. »

Le Seigneur ayant donc repris Job de la sorte,
Il réprit Eliphaz de Théman en ces mots :
« Sur toi, sur tes amis, la fureur me transporte,
Parce que vous avez parlé comme des sots.

De Job, mon serviteur, vous manque la droiture.
Prenez donc sept taureaux et des béliers autant,
De mon serviteur Job pour réparer l'injure,
Vous me les offrirez en répandant leur sang.

Alors, Job, à son tour, implorant votre grâce,
Moi, me laissant fléchir pour vous en sa faveur,
Je pourrai pardonner à votre aveugle audace
D'avoir été moins droits que Job mon serviteur.

Eliphaz de Théman et Baldad le suhite
S'en allèrent avec Sophar, naamathite,
Et firent ce que Dieu leur avait commandé,
Et Dieu leur pardonna quand Job l'eût demandé.
A Job, son serviteur, il pardonna de même ;
Puis, n'écoutant, pour lui, que sa bonté suprême,
Au double il lui rendit tout son ancien avoir.

Ses frères et ses sœurs vinrent alors le voir
Ainsi que ses parents et vieilles connaissances,
Faisant dans sa maison grandes réjouissances,
Lui témoignant combien chacun était content
De voir ses maux finis. Ils lui firent présent
Chacun d'une brebis et d'un pendant d'oreille.

Jamais Job n'avait vu prospérité pareille
A celle qui succède aux maux qu'il a subis.
A quatorze milliers montèrent ses brebis ;
A deux mille ses bœufs ; ses ânesses à mille,
Et six mille chameaux. Il eut pour sa famille
Trois filles et sept fils : en beauté sans rivales,
Ses filles n'eurent point au monde leurs égales.
Entre elles et ses fils, Job, n'ayant point d'égard,
Leur donna de ses biens à chacune sa part.

La première des sœurs reçut le nom de Die,
Ou la Beauté du jour : la seconde Cassie,
Ou la Brillante-Fleur : l'autre, Vase-à-parfum,
Nom qui semblait le plus à chacune opportun.

Jusqu'à cent quarante ans Job survécut encore.
Ses yeux virent ses fils, et les fils de ses fils
Jusqu'à quatre degrés, avant que de se clore ;
Et ses jours furent longs et de gloire remplis.

Oisly, 2 *octobre* 1855.

CHANTS DIVERS

CANTIQUE DE MOISE

Deut. ch. 32.

Cieux, soyez attentifs ; terre, écoute mes chants !
Pareils à l'eau qui tombe à grands flots de la nue,
Ou comme la rosée en perles suspendue
    Qu'ainsi se pressent mes accents !

C'est Dieu que je célèbre : à lui gloire et louange !
De lui tout naît parfait ; il est sage, il est bon,
Il est fidèle et juste, il est vrai sans mélange :
    Honneur ! honneur à son saint nom !

Qui pèche contre lui, tout couvert de souillure,
A ses yeux paternels, n'est plus digne de lui ;
Ce n'est plus qu'une race abominable, impure,
    Qui s'est soustraite à son appui.

5

Peuple aveugle, insensé ! pourquoi braver ton maître ?
N'est-ce pas lui qui fit et qui forma ton cœur ?
C'est ton Dieu, c'est ton roi, c'est l'auteur de ton être,
    C'est ton souverain possesseur.

Des temps et de la mort scrute le sombre abîme,
Vois les âges divers se presser sous tes yeux ;
Interroge ton père avec tous tes aïeux,
    Voici leur réponse unanime :

« Quand le Très-Haut, jadis, séparait les gentils,
Et dispersait d'Adam la famille trop pleine,
Israël, au milieu, vit fixer son domaine,
    Selon le nombre de ses fils.

Un seul peuple, dès lors, de Dieu fut le partage,
Et Jacob fut par lui choisi pour héritage :
Il fut, dans les dangers, le gardien de ses jours,
    Il fut l'objet de ses amours.

L'ayant trouvé, ce peuple, en une terre aride,
Dans un vaste désert habité par l'horreur,
Dieu le prit, l'instruisit, le mit sous son égide,
    Et le garda comme son cœur.

Quand l'aigle, à ses aiglons enseignant son audace,
Leur apprend à tenter le vaste champs des airs;
A braver sans frémir la foudre et les éclairs,
    Et les fait maîtres de l'espace;

Elle rôde autour d'eux sous la voûte du ciel,
Et prête à leur essor son aile vigoureuse :
C'est ainsi qu'en ses bras Dieu porta d'Israël
    La race chérie et nombreuse.

Dieu, nul autre que Dieu ne fut son conducteur;
Il lui donna pour vivre une fertile terre,
Le fruit des champs, le miel entassé dans la pierre,
    L'huile exquise de la hauteur;

Et le beurre et le lait, la farine choisie,
Les béliers de Bazan, la graisse des agneaux,
Et le vin le plus pur mêlant son ambroisie
    A la tendre chair des chevreaux.

Et ce peuple, chéri, bercé dans l'abondance,
A méprisé son Dieu! riche, puissant, heureux,
Il a fermé son cœur à la reconnaissance
    Pour un maître si généreux.

Préférant au Dieu saint une idole étrangère,
Par ses crimes honteux, et par mille attentats,
L'ingrat a provoqué les terribles éclats
    De sa redoutable colère !

Au lieu du seul vrai Dieu les démons sont ses dieux!
C'est à ces dieux nouveaux, vains, inconnus, factices
Qu'il offre son encens, ses vœux, ses sacrifices,
    Culte étranger à ses aïeux !

Ton créateur, le Dieu qui te donna la vie,
Le Dieu que tu trahis, que ton cœur a maudit,
A vu de ses enfants la triste perfidie,
    Et, plein de colère, il a dit :

Moi, je vais à mon tour leur cacher mon visage;
Impassible témoin de leurs cruels revers,
Je verrai leurs terreurs quand les flots de l'orage
    Assailliront leurs cœurs pervers.

Puisqu'ils m'ont prisé moins qu'une idole maussade,
Qu'ils ont, par leurs forfaits excité, mon courroux,
Ils se verront réduits, dans leur dépit jaloux,
    Au rang d'une obscure peuplade.

Un feu s'est allumé dans ma juste fureur ;
Jusqu'au fond des enfers il saura se répandre ;
La terre et ses trésors seront réduits en cendre,
    Les monts brûlés par son ardeur.

Les maux pleuvront sur eux, ainsi que des tempêtes,
Contre eux j'épuiserai les traits de mon carquois ;
Par la faim consumés, dévorés par les bêtes,
    Ils périront selon mon choix.

Là, le glaive au dehors, au dedans l'épouvante,
Ensemble conjurés, frapperont, au hasard,
Le jeune homme et l'enfant, et la vierge tremblante,
    Et le front blanchi du vieillard. »

J'ai dit : eux, où sont-ils ? périsse leur mémoire
Dans l'esprit des mortels ! Mais je suspends mes coups
De peur que leurs rivaux ne disent : *Cette gloire*
    Ce n'est pas Dieu qui l'a, c'est nous.

Mais ce peuple insensé n'a plus d'intelligence,
Ah ! s'ils pouvaient encor, revenus à leur sens,
Ouvrir enfin les yeux sur leurs dérèglements,
    Et voir le poids de ma vengeance !

Comment mille par un seraient-ils confondus,
Et dix mille par deux seraient-ils mis en fuite,
Si cette race impie alors n'était proscrite,
    Si Dieu ne les avait vendus?

Leurs dieux et notre Dieu ne sont pas dieux semblables;
Qu'ils jugent, j'en appelle à leurs adorateurs :
Dieu protège les siens s'ils ne sont pas coupables,
    Ils les punit s'ils sont pécheurs.

Où va donc s'égarer cette race perfide ?
A Sodome, à Gomorrhe, ont mûri leurs raisins ;
Le dragon et l'aspic ; de leur fiel homicide,
    Ont souillé le crû de ses vins.

Prétendraient-ils pouvoir soustraire à ma sagesse
Leurs coupables pensers et leurs honteux débords ?
Ne sont-ils pas inscrits, par ma main vengeresse,
    Au fond même de mes trésors?

C'est à moi qu'appartient la vengeance ; leurs crimes
Vont connaître le bras qu'ils ont osé braver !
Il s'approche, le jour fixé pour les victimes ,
    Les temps se hâtent d'arriver.

Le Seigneur à chacun va donc rendre justice ;
Le coupable est proscrit, mais le juste est chéri :
Il permettra pourtant que le fort s'affaiblisse
    Et que le guerrier ait péri.

Où sont, leur dira-t-il, ces idoles ingrates
Qui partageaient vos fruits, vos troupeaux et vos vins?
Qu'ils viennent, à présent, ces dieux que vous aimâtes,
    Qu'ils vous arrachent de mes mains !

Sachez donc que moi seul suis le dieu véritable,
Qui dispense à mon gré la vie et le trépas,
Qui frappe et qui guéris, qui punis le coupable,
    Sans qu'il puisse éviter mon bras.

J'en atteste le ciel, j'en jure par moi-même,
Si j'aiguise mon glaive, ardent plus que l'éclair,
Si de ma foudre, enfin, j'arme ma main suprême,
    Il leur dévorera la chair.

Je verrai de leur sang mes flèches abreuvées,
Et mon glaive luira de leurs chairs engraissé !
La mort ou l'esclavage ! et les têtes sauvées
    Tendront au joug leur front baissé. »

Peuples, louez de Dieu la nation chérie,
Car Dieu saura venger le sang de ses amis;
Il sourira toujours à leur douce patrie,
Et brisera leurs ennemis.

Yffiniac, *mai* 1833.

PROPHÉTIE DE JACOB MOURANT.

Gen. ch. 49.

Se voyant à la fin de sa longue carrière,
Jacob mande ses fils, les assemble et leur dit :
« Venez, fils de Jacob, écoutez votre père,
Écoutez Israël et ce qu'il vous prédit.

Ruben, toi, mon premier par ordre de naissance,
Ma force, mais l'auteur de mes chagrins cuisants,
Tu devrais être aussi le premier en puissance,
Et le mieux partagé parmi tous mes enfants.

Tu tariras, pourtant, ainsi qu'une onde impure !
Un triste abaissement sera ton sort cruel
Pour venger, à la fois, et réparer l'injure
Par ton crime odieux faite au lit paternel.

Siméon et Lévi tous deux frères de crime,
Au mépris des serments, vous qui, sans nuls égards,
Egorgez lâchement d'impuissantes victimes,
Et d'une ville amie arrachez les remparts !

Loin de moi vos exploits, sanguinaires complices !
Ah ! gardez pour vous seuls un si triste renom !
J'en atteste le ciel ! à vos traîtres caprices
Ne s'alliera jamais la gloire de mon nom !

Maudit soit le transport de votre aveugle rage
Et ce ressentiment inflexible et cruel !
Vous n'aurez dans Jacob qu'un incomplet partage,
Divisé, confondu parmi tout Israël.

Juda, tu recevras l'hommage de tes frères :
Ton bras, toujours levé contre tes ennemis,
Imposera le joug sur leurs têtes altières,
Et jusques à mes fils te deviendront soumis.

Comme un jeune lion au haut de la montagne,
Juda fond sur sa proie ! et, même en son sommeil,
C'est encore un lion ou sa fière compagne :
Malheur à qui viendra provoquer son réveil !

Non, personne à Juda ne ravira l'empire,
Nul n'ôtera le sceptre à sa postérité,
Jusqu'au jour où Celui que la terre désire
Viendra briser les fers de la captivité !

A sa vigne attachés, sans peur qu'on les dérobe,
Mon fils! il laissera l'ânesse et le poulain :
Dans le vin le plus pur il lavera sa robe,
Et teindra son manteau dans le sang des raisins.

Oh! qu'ils sont beaux ses yeux! non, le jus de la treille
Si limpide, n'a point un éclat si parfait!
Et, de ses dents autour de sa bouche vermeille
L'ivoire qui se montre est plus blanc que le lait !

De ces bords où les flots avec fureur s'agitent,
Et battent les remparts de la riche Sidon,
Jusqu'à cette autre mer où les bateaux s'abritent
S'allongera la part qu'obtiendra Zabulon.

Satisfait de son lot, qu'il estime assez large,
Paisible et résigné, des plus pesants fardeaux,
Comme un âne robuste, Issachar, qui se charge,
Au prix de lourds tributs achète son repos.

De toutes les tribus Dan jugera ses frères :
Qu'il ressemble au serpent caché dans le sentier,
Au Céraste rusé des routes passagères
Qui pour renverser l'homme, aux pieds mord son coursier.

Mais, c'est vous seul, Seigneur, qui tarirez mes larmes !
Gad est aux premiers rangs en marchant aux combats :
Il brave le péril ; puis , couvert de ses armes ,
Et chargé de butin , il revient sur ses pas.

Possesseur d'un terroir abondant et fertile ,
Azer, ton pain fera les délices des grands !
Nephtali , dans sa course , est comme un cerf agile ,
Et la grâce ornera ses discours éloquents !

Remarquable en beauté , Joseph grandit sans cesse ;
Les filles de Memphis accourent pour le voir !
Mais des frères jaloux , s'emportant de rudesse ,
L'ont accablé des traits de leur mauvais vouloir !

Ainsi qu'un arc tendu, lui, souffre et prend courage ;
Ses fers tombent, brisés par la main du Seigneur ;
Par le dieu de Jacob délivré d'esclavage ,
Il devient d'Israël le guide et le sauveur !

Oui, le Dieu de ton père est encor ta défense :
Sur toi le Tout-Puissant fera pleuvoir ses dons :
Le Ciel, te prodiguant sa bénigne influence,
Adoucira pour toi la rigueur des saisons !

Pour toi, la terre aussi, de trésors toujours pleine,
A flots fera couler la graisse de ses flancs ;
De tes nombreux troupeaux le lait avec la laine
Préviendront les besoins de tes joyeux enfants.

Jamais fils n'obtint tant de faveurs paternelles ;
Il les conservera jusqu'au moment heureux
Où viendra le Désir des hauteurs éternelles
De l'univers entier accomplir tous les vœux.

Puissent tous les effets de ces souhaits prospères,
Descendant sur Joseph, embellir son destin !
Qu'il soit chéri du Ciel ! qu'il brille entre ses frères,
Comme étant, entre tous, marqué d'un sceau divin !

Benjamin est un loup altéré de carnage :
Le matin il déchire, il s'enivre de sang ;
Et, de ses ennemis, tombés sous son courage,
Il dépouille, le soir, le cadavre sanglant. »

Ce sont là les dix chefs du peuple israëlite,
Qui devaient en tribus partager les Hébreux :
Et voilà les souhaits qui doivent, dans la suite,
S'accomplir tels qu'ils sont prédits à chacun d'eux.

CANTIQUE DE DÉBORA

Livre des Juges, ch. 5.

L'esprit illuminé de l'éclair prophétique,
Le fils d'Abinoëm, Barac, et Débora
Chantèrent au Seigneur ce ravissant cantique
Pour célébrer la mort du cruel Sisara.

« O vous tous que l'on vit avec tant de courage,
De vous-mêmes voler au devant du trépas,
Vaillants fils d'Israël ! par un pieux hommage
Bénissez le Seigneur, arbitre des combats.

Et vous, rois, écoutez ; princes, prêtez l'oreille :
Je vais, je vais en proie aux feux sacrés du ciel,
Je vais, dans les transports d'une ardeur sans pareille
Célébrer le Seigneur, le Dieu fort d'Israël.

Seigneur, quand de Séir tu fuis la terre impie ,
Quand tu franchis d'Édom l'empire méprisé ,
Il sembla que le ciel allait se fondre en pluie ,
Et la terre crouler sur son axe brisé.

C'est alors, devant Dieu, que l'on vit les montagnes
S'écouler comme l'onde ; alors que le Sina
De torrents embrasés menaça les campagnes
A l'aspect foudroyant du puissant Jéhova.

Ni Samgar, ni Jahel , à nos routes désertes
N'ont pu par leurs efforts rendre la sûreté ;
Ce n'était plus partout, qu'en des routes couvertes ,
Qu'on voyageait , contraint par la nécessité.

Dès lors aussi régna l'abandon , la détresse ;
Le sang parut glacé dans le cœur de Juda ,
Jusqu'au jour où le Ciel, comme une vengeresse,
A ses frères enfin suscita Débora.

Dans les murs ennemis qu'il brise Dieu s'élance ;
Il a changé soudain la forme des combats ;
Car à peine avions-nous même une seule lance,
Ou bien un bouclier pour cent milliers de bras.

Mon cœur est dilaté par des transports extrêmes ;
Des princes d'Israël il chérit la valeur.
O vous tous, sans pâlir, qui couriez, de vous-mêmes
Aux plus affreux périls, bénissez le Seigneur.

Que votre voix aussi le loue et le bénisse ,
O vous tous qui montez sur de luisants coursiers ,
Et vous tous qui siégez pour rendre la justice ,
Et vous qui voyagez aux chemins, aux sentiers.

Que , là même où l'on voit de l'armée ennemie
Les cadavres sanglants et les chars en éclats ,
L'on chante la justice et la clémence amie
Dont un Dieu , d'Israël a comblé les soldats.

Le peuple du Seigneur, armé contre leurs villes ,
A marché plein d'ardeur, depuis ce jour heureux ;
Après avoir brisé leurs portes inutiles ,
Il s'est approprié tout empire sur eux.

Courage , Débora , courage , allons , courage !
D'un cantique brûlant que les chants expressifs
Volent vers Jéhovah ! Barac, prends ton partage,
O fils d'Abinoëm , emmène tes captifs.

La victoire a sauvé le peuple israélite !
Dieu , par le bras des forts a produit cet échec !
Dieu qui , par Ephraïm battit l'Amalécite ,
Et puis , par Benjamain , ton peuple , ô Amalec !

De Machir sont sortis plusieurs princes insignes ;
De Zabulon des chefs habiles , valeureux :
D'Issachar, Débora compta des guerriers dignes
De suivre de Barac l'exemple généreux.

Barac ! c'est un torrent qui fond dans la mêlée !
Ruben était en proie à la division :
Sa jeunesse dès lors par les discords troublée ;
Se consume sans fruit, dans l'agitation.

Quand on habite ainsi d'un pays la frontière ,
Est-ce pour écouter les cris de ses troupeaux ?
C'est ce que fit Ruben : sa jeunesse guerrière
A consumé sa force en luttes de propos.

Par delà le Jourdain , Galaad est tranquille,
Et Dan pour ses vaisseaux réserve ses efforts :
Défendu par la mer, Aser reste immobile ,
Et cache sa valeur à l'abri de ses ports :

Pendant que Zabulon et Nephtali qu'entraîne
Le généreux élan d'un courage animé,
D'un pas précipité que nulle peur n'enchaîne,
Vont affronter la mort aux champs de Méromé !

De fiers rois sont venus ; ils ont livré bataille,
Dans les champs de Thanach, près des eaux Mugeddo,
Les rois de Chanaan ont lancé leur canaille :
Il n'ont pu cependant ravir un seul fardeau.

Le ciel même contre eux s'est armé de colère ;
Et les astres roulant dans un ordre pompeux,
En poursuivant leur cours, assemblant le tonnerre,
Ont contre Sisara déchaîné mille feux.

Du torrent de Cison le gouffre les réclame :
Épars on voit rouler leurs cadavres meurtris
Aux torrents de Cison, de Cadumim ! mon âme,
Ah ! foule, foule aux pieds leurs farouches débris !

De nos fiers ennemis l'espérance est détruite ;
Pour éviter la mort, la fleur de leurs guerriers
Ont avec tant d'ardeur précipité leur fuite
Qu'ils ont brisé les pieds de leurs puissants coursiers !

Malheur sur toi ! c'est Dieu qui l'a dit par son ange,
Malheur sur toi, Méroz, et sur tes habitants !
Car ils n'ont pas prêté l'appui de leur phalange
Aux soldats du Seigneur, aux braves combattants.

Dans sa tente, entre tous, qu'à jamais soit bénie
La femme de Habér, l'intrépide Jahel !
Elle qui rafraîchit d'une crème choisie
Dans un vase d'honneur l'ennemi d'Israël.

Puis, saisissant un clou, d'une main ferme et sûre ;
Et de l'autre un maillet, par un coup sec et prompt,
Après avoir choisi l'endroit de la blessure,
De Sisara, soudain, elle perce le front.

A ses pieds, expirant il tombe, et là s'agite,
Se roule, se débat dans des transports affreux,
Luttant contre la mort qui vient, se précipite
Ne laissant qu'un cadavre et livide et hideux !

Sa mère, à sa fenêtre, inquiète et craintive,
Du haut de la maison regardait tout le jour ;
Accusant ses coursiers, son char, sa voix plaintive
De son fils trop tardif appelait le retour.

Peut-être, répliquait de ses brus la plus sage,
Qu'aujourd'hui Sisara, divisant le butin,
Avec plusieurs beautés reçoit pour son partage
Les précieux habits, le linge le plus fin.

Ah ! puisse ainsi, Seigneur, à jamais ta colère
A tous tes ennemis garder un sort pareil,
Pendant que tes amis brilleront, au contraire,
Ainsi qu'à son lever éclate le soleil !

PROPHÉTIE DE BALAAM.

Livre des Nombres, ch. 24.

Le sang de la double victime
Sur chaque autel fumait encor :
Debout au sommet du Phogor,
Le prophète au regard sublime
Interrogeait les volontés du Ciel :
Le front tourné vers le désert immense,
Il voit la gloire d'Israël
Et des tribus la superbe ordonnance :

« Oh ! qu'ils sont beaux vos pavillons,
Israël ! ô Jacob, là s'élèvent vos tentes
Comme de frais vallons les ombres bienfaisantes !
Ou près du cours des eaux les verdoyants sillons !
On dirait des tentes divines !
Ainsi le cèdre, au bord des eaux
Où se nourrissent ses racines,
Voit ses fils à jamais étendre leurs rameaux !

Son premier roi tombe à son Dieu rebelle :
Sauvé d'une terre infidèle,
Ce peuple est fort comme un rhinocéros !
Percés des traits de sa main meurtrière,
Ses ennemis mordront tous la poussière,
Et son pied brisera leurs os !

Comme un lion Juda sommeille ;
Ah ! malheur à qui le réveille !
Béni celui qui le bénit,
Honni celui qui le honnit !
Balac saisi d'effroi se trouble
Et du Voyant suspend l'essor ;
Mais l'inspiration redouble,
Et Balaam poursuit encor :

« Que vois-je, ô ciel ! dans le lointain des âges ?
Que d'horreurs ! et que de ravages !
Tremblez, Seth et Moab ! je frémis de vos maux
Des temps s'est soulevé le voile ;
Jacob doit produire une étoile ;
Israël portera la verge des fléaux !

Israël est plein de courage :
Séir deviendra son partage,
Il soumettra l'Idumée à ses lois :
Un conquérant de cette race
Fera disparaître la trace
De la cité mise aux abois.

Fier Amalec, de sa puissance
Tu sentiras les premiers coups :
Enfants de Cin, à sa vaillance
En vain vous déroberez-vous ;
Jusqu'au fond des antres sauvages,
Malgré vos féroces courages,
L'Assyrien vous prendra tous.

Du Ciel ô vengeance dernière!
Alors qui verra la lumière ?
Un peuple accourt d'un rivage lointain ;
Et la Judée et l'Assyrie
Succomberont sous sa furie,
Il périra lui-même enfin. »
Il dit, la vision s'arrête :
Le Moabite et le prophète
De leurs foyers reprennent le chemin.

MORT DE SAÜL ET DE JONATHAS.

2ᵉ liv. des Rois, Ch. 1.

Vois et pleure, Israël : jamais malheurs plus graves
    Ont-ils provoqué tes douleurs ?
Lève les yeux, et vois les corps sanglants des braves
    Gisants épars sur tes hauteurs.

Israël, sur tes monts elle a péri ta gloire !
    Comment sont tombés les héros?
Aux murs des Philistins enflés par la victoire,
    N'allez pas annoncer nos maux.

Ne portez pas l'aveu d'une telle détresse
    Aux filles de nos ennemis,
De peur que les transports d'un orgueilleuse ivresse
    N'enflent le cœur des insoumis.

Lieu maudit, lieu témoin de notre ignominie,
    Gelboë, mont détesté !
Que jamais dans ton sein la rosée ou la pluie
    Ne verse la fécondité !

5ˑ

Que jamais pour les sacrifices
Tu ne produises de prémices,
O mont¡ où se brisa le bouclier des forts,
L'armure de Saül ! où sa tête sacrée,
  Ainsi qu'une tête ignorée,
  Tomba sous d'immenses efforts.

De Jonathas la flèche inévitable
  Portait la mort de rang en rang
Et de Saül le glaive redoutable
  Était toujours trempé de sang !

Toujours suivis de la victoire,
On vit Saül et Jonathas
Unis par l'amour et la gloire ;
La mort ne les sépara pas.

Moins qu'eux, dans sa course rapide,
L'aigle paraît impétueux ;
Et, dans son attaque rapide,
Le lion est moins courageux.

Pleurez Saül, pleurez-le, Israélites,
Pleurez celui qui défendait vos jours,
Qui, vous comblant de ses faveurs bénites,
Ornait vos fronts des plus riches atours.

Comment sont-ils tombés ces deux foudres de guerre
    Tu n'es donc plus, cher Jonathas!
Adieu donc, Jonathas! adieu donc, ô mon frère!
    Adieu ta grâce et tes appas!

Comme une tendre mère aime son fils unique,
    Ainsi te chérissait mon cœur!
Ah! comment ont péri cette force héroïque,
    Et ce courage plein d'ardeur?

PSAUMES ET CANTIQUES

TRADUITS DE L'ÉCRITURE SAINTE.

———

PSAUME XV.

Conserva me, Domine.

Que le Seigneur me conserve avec soin,
Parce qu'en lui je mets ma confiance;
Il est mon Dieu, Dieu plein de bienfaisance,
Qui de mes biens n'a nullement besoin.

Pour tous ses saints qui vivent sur la terre,
Il a béni mes incessants efforts;
Et si, d'abord, grande fut leur misère,
Grands pour le bien ont été leurs transports.

Je n'irai point d'un animal farouche
Verser le sang pour les purifier;
Ce souvenir je le veux oublier,
Et le nom seul en souillerait ma bouche.

Quoi ! le Seigneur lui-même est mon trésor,
O sort heureux ! mon lot et mon partage ;
Et, non content d'être mon héritage,
C'est lui qui veut me le livrer encor.

Je bénirai le Seigneur qui m'éclaire,
Et qui, pendant le calme de la nuit,
Parle à mon cœur, le conseille et l'instruit
En m'inspirant un penser salutaire.

Auprès de moi je voyais le Seigneur,
A mes côtés, soutenant ma faiblesse :
Mon cœur alors tressaillait d'allégresse,
Ma langue aussi célébrait sa grandeur.

Jusque ma chair se berçait d'espérance :
Dieu voudrait-il donc permettre aux enfers
De retenir captive l'innocence,
Que son Saint fût la pâture des vers.

Non ; si du Ciel Dieu m'enseigna la voie,
Il s'y fera voir à mes yeux ravis ;
A tout jamais, sa main, aux saints parvis,
Me comblera d'une ineffable joie !

PSAUME XVII.

Deligam te, Domine.

Seigneur, vous serez mes amours,
O vous, l'appui de ma faiblesse,
Mon Dieu, ma force et mon secours,
Mon protecteur dans ma détresse,
Mon vengeur contre les méchants !
A vous, ma ressource dernière,
Toujours j'adresserai mes chants,
Mes vœux, mon ardente prière !

C'est du secours de votre bras,
Seigneur, que j'attends ma justice ;
En proie aux transes du trépas,
Jouet des flots de l'injustice,
J'ai senti l'horreur du tombeau
Qui venait fondre sur mon âme ;
Et la mort de son noir réseau
Autour de moi tendait la trame.

Mais moi , j'invoquai mon Seigneur,
Dans l'abîme de ma misère ;
Et je criai vers mon Sauveur
Qui, du haut de son sanctuaire ,
Entendit , exauça ma voix ;
Et ce cri que , dans sa présence ,
Poussa ma faiblesse aux abois
De son bras arma la vengeance.

Devant sa fureur
La terre tremblante
Frémit, chancelante ;
Dans leur profondeur,
Saisis d'épouvante ,
Les monts en rumeur
Tremblent de terreur ;
Leur masse pesante ,
A sa voix puissante ,
S'agite d'horreur :
De son front vengeur
La flamme éclatante
Jaillit foudroyante ,
En vive lueur ;
La fumée ardente ,
Aux charbons, brûlante ,
Soufflant son ardeur,
S'étend dévorante.

Les cieux s'abaissent, il descend;
Sous ses pieds un épais nuage
Comme un vaste tapis s'étend :
De nos tyrans il voit la rage,
Et , sur les Chérubins ardents
Tout à coup il monte, il s'élance ,
Il vole sur l'aile des vents
Pour foudroyer leur arrogance.

Au sein d'un sombre tourbillon
Et d'une vapeur nébuleuse
Il a placé son pavillon
Dans une sphère ténébreuse
Pour se cacher à leurs regards :
La nue, à son aspect, se fêle,
Crève , et vomit de toutes parts ,
Des torrents de flamme et de grêle.

Alors de la hauteur des cieux,
Il fit retentir son tonnerre ;
Aux torrents de grêle et de feux
Il confondit sa voix sévère;
Par la lueur de ses éclairs
Il glaça leurs âmes tremblantes,
Et son bras , dans leurs seins pervers,
Lança ses flèches dévorantes.

Il parle , et des fleuves soudain ,
S'arrêtent les ondes rapides ,
Et la terre , entr'ouvrant son sein ,
Montre ses fondements arides :
C'est ainsi qu'autrefois , Seigneur,
Votre redoutable colère ,
Par son souffle exterminateur
Nous vengea de notre misère.

D'en haut m'envoyant son secours,
Le Seigneur a pris ma défense,
Des eaux dont m'entraînait le cours
Il a sauvé mon existence ;
Des ennemis triomphants ,
De ceux qui menaçaient ma vie
Déjouant les efforts puissants,
Il m'a soustrait à leur furie.

Au jour cruel de mon malheur,
Ils m'entouraient tous, pleins de joie ;
Mais Dieu s'est fait mon protecteur,
Ils ont vu s'échapper leur proie :
Et je me vis en liberté,
Et devant moi s'ouvrit l'espace.
C'est à votre pure bonté,
Seigneur, que je dus cette grâce.

Sa justice me traitera
En raison de mon innocence;
A mes mains pures il rendra
Leur équitable récompense ;
Car au Seigneur tout dévoué,
De ses sentiers où je chemine
Mes pas n'ont jamais dévié
Devant sa majesté divine.

Ses adorables jugements
Ont fait sans cesse mon délice ;
En de coupables errements
Je n'ai point bravé sa justice :
Tout ce qui pourrait le ternir
A l'éviter mon cœur s'empresse,
Et j'aurai soin de me tenir
En garde contre ma faiblesse.

Vous serez saint avec le saint,
Fidèle avec l'homme fidèle,
Doux avec celui qui vous craint,
Inflexible avec le rebelle :
A l'humble qui vit dans le deuil
Vous tendrez une main propice;
Des fiers vous briserez l'orgueil,
Rendant à tous bonne justice.

Sous votre conduite, Seigneur,
Mon âme n'est point alarmée,
Et, vous ayant pour éclaireur,
J'affronterais toute une armée ;
J'escaladerais les remparts,
Et, revêtu de votre armure,
Je pourrais braver mille dards
Sans craindre la moindre blessure.

C'est mon Dieu ; ses chemins sont sûrs ;
Et, quand sa voix parle à mon âme,
Ses accents éclatent plus purs
Que l'or épuré par la flamme :
Seul, de tout il peut tenir lieu
A quiconque en lui seul espère ;
Quel autre est dieu que notre Dieu ?
Quel autre maître sur la terre ?

C'est ce Dieu qui m'a revêtu
D'un heureux et mâle courage,
Qui sauvegarde ma vertu
De toute atteinte du naufrage ;
Qui m'a donné l'agilité
Du cerf qui court dans les campagnes,
Et qui m'a mis en sûreté
Au sommet des hautes montagnes.

Aux combats instruisant ma main,
Dieu, vous avez tendu, vous-même,
Mes bras forts comme un arc d'airain;
Votre protection suprême
Fut la cause de mon salut;
Et, me prenant dans ma détresse,
Votre bras m'a conduit au but
Que n'eût pas atteint ma faiblesse.

Vous m'avez de cette façon,
Corrigé de ma vaine gloire,
Et jamais pareille leçon,
Ne sortira de ma mémoire;
Seigneur, à mes pas affermis
Vous avez fait le chemin large,
Aussi contre mes ennemis
Sans fléchir courrai-je à la charge.

Les attaquer, briser leurs rangs,
Tomber sur eux comme la foudre,
Fouler aux pieds leurs corps sanglants,
Leur faire à tous mordre la poudre,
Sera l'œuvre de votre bras;
De vous vient la vertu guerrière
Qui les fait fuir dans les combats,
Ou les étend sur la poussière.

6

En vain élèvent-ils la voix
Vers vous, Seigneur : cris inutiles !
Les voilà réduits aux abois,
Invoquant des secours stériles :
Mais ils tomberont sous le fer,
En foule engloutis dans la tombe,
Comme l'on voit passer dans l'air
La poudre qu'emporte une trombe.

Les discordes, autour de moi,
Qui grondent, vous les ferez taire ;
Et vous m'établirez le roi
De tous les peuples de la terre :
Un peuple qui m'est inconnu
A mon sceptre vient se soumettre,
Et de lui-même il est venu
Aussitôt qu'il m'a pu connaître.

Étrangers, à leur tour, mes fils
Se sont lassés de mon service ;
Dans l'endurcissement vieillis,
Ces fils ingrats, par leur malice,
Me sont devenus étrangers ;
Et, dans leur marche chancelante,
Ils s'égarent loin des sentiers
Tracés par ma main prévoyante.

Gloire à Dieu ! béni soit mon Dieu !
A le louer que tout s'empresse,
Lui, par qui mon salut a lieu !
Ce Dieu dont la main vengeresse
S'arma toujours en ma faveur,
Qui soumet tout à mon empire,
Et me soustrait à la fureur
De mes ennemis en délire !

Son bras de leur mauvais desseins
Me fera triompher encore,
Et m'arrachera de leurs mains ;
C'est pour cela que je l'honore,
Et qu'il n'est point de nation
Qui n'entende le saint cantique
Que doit à l'honneur de son nom,
Chanter ma lyre sympathique.

Que Dieu du Roi selon son cœur
Protége avec soin la personne,
Et qu'à David, son serviteur,
Sa miséricorde pardonne ;
Qu'il lui donne tout son appui,
Et que les trésors de sa grâce
Ne cessent de couler sur lui,
Ainsi qu'à jamais sur sa race.

PSAUME XXXIII.

Benedicam Dominum.

Je bénirai, dans tout temps, le Seigneur ;
Son souvenir me transporte et m'enflamme,
A le louer s'exaltera mon âme ;
Pour les cœurs purs l'entendre est le bonheur.

Élevons donc vers lui notre pensée ;
Et, tous ensemble, exaltons son saint nom :
Je l'invoquai, ma voix fût exaucée ,
Il fit cesser ma tribulation.

Approchez-vous : venez qu'il vous éclaire ;
Et votre front n'aura point à rougir :
L'humble le prie ; il entend sa prière ,
Et de ses maux sa main le fait surgir.

L'ange de Dieu couvrira l'innocence
En écartant loin d'elle tous les coups.
Goûtez, voyez que le Seigneur est doux :
Heureux, en lui, qui met sa confiance !

O vous, ses saints, craignez tous le Seigneur :
Pour qui le craint il n'est point de détresses !
Des maux le riche éprouva la rigueur ;
Les siens seront comblés de ses largesses.

Venez, enfants, écoutez mes discours ;
Et du Seigneur vous apprendrez la crainte :
Quel est celui qui veut vivre sans plainte,
Et voir couler heureusement ses jours ?

Qu'il ait sa langue exempte d'artifice,
Et de tout mal ; qu'il pratique le bien ;
Qu'avec horreur il s'éloigne du vice ;
Et, de la paix qu'il cherche le maintien.

Dieu voit les bons ; et, zélé pour leur gloire,
Prête l'oreille à leurs soupirs touchants :
Son œil aussi regarde les méchants,
Et de la terre il perdra leur mémoire.

Au cri des bons le Seigneur s'est rendu ;
Il a mis fin à toutes leurs souffrances :
Il est auprès d'une âme dans les transes,
Et sauve un cœur de douleur confondu.

A bien des maux les justes sont en proie ;
Mais le Seigneur leur prépare un repos :
Incessamment il veille sur leurs os ;
Il n'en sera pas un seul qui se broie.

Bien déplorable est la mort des pécheurs :
Ils périront les ennemis du juste :
Dieu sauvera ses humbles serviteurs ;
Ils règneront tous dans sa cour auguste.

PSAUME XXXVII.

Domine, ne in furore tuo.

Seigneur, d'un juge sévère
Ne prenez point la rigueur :
N'armez pas votre colère
Contre un malheureux pécheur :
Voyez : vos flèches aigües
M'ont percé de toutes parts ;
Contre moi vos mains tendues
M'ont accablé de leurs dards.

Dans ma chair, comme rôtie
Au feu de votre courroux ,
Il n'est pas une partie
Qui n'ait ressenti vos coups :
Au souvenir déplorable
De mes horribles forfaits ,
Hélas ! mon âme coupable
Ne peut plus goûter de paix.

Je vois toutes mes offenses
Ainsi qu'un gouffre profond,
Et leurs flots sombres, immenses,
Passer par-dessus mon front;
Comme un poids insupportable,
Placé sur mon faible dos,
Leur multitude m'accable,
Et semble briser mes os !

De mes nombreuses blessures
Découlent des flots impurs
De pus, de sang et d'ordures ;
En proie aux maux les plus durs,
Assailli par la furie
Des plus cuisantes douleurs
De ma déplorable vie
J'expie enfin les erreurs.

Sous mes maux courbé sans cesse,
Dénué de tout secours,
Dans les pleurs et la tristesse
J'ai marché le long des jours :
Et, parmi tant de misères,
Se livrant à son essor,
Des plus frivoles chimères
Mon cœur se berçait encor.

Pourtant, ma chair corrompue
D'un ulcère infect, hideux,
Offrait l'image à la vue :
Je poussais des cris affreux,
Dans l'excès de mes souffrances,
Et mes horribles tourments
M'arrachaient des doléances
Comme des rugissements !

Votre divine sagesse,
Seigneur, voit tous mes désirs,
Mon abandon, ma détresse,
Et l'ardeur de mes soupirs :
Dans mon cœur le trouble habite,
Mon corps n'a plus de vigueur,
Et mes yeux, dans leur orbite,
Sont devenus sans lueur.

J'ai vu mes amis, mes proches,
Insultant à mes revers ;
M'accabler de leurs reproches,
Et de leurs propos pervers ;
Ceux mêmes qu'à mon service
Attachait un saint devoir
M'ont refusé leur office
Et ri de mon désespoir.

Mais eux, redoublant d'audace,
Les ennemis de mes jours
Profitaient de ma disgrâce
Pour me perdre sans détours :
Ceux dont les perfides haines
Triomphaient, de mes malheurs,
Ont envenimé mes peines
Par leurs discours imposteurs.

Pour moi, sourd à leurs injures,
De ces lâches envieux
Je méprisais les censures
Et les bruits calomnieux :
Mais puisque mon espérance
S'épancha dans votre sein,
O mon Dieu, de ma défense
C'est vous qui prendrez le soin.

J'ai dit d'une voix mourante :
« Seigneur, avez-vous permis
Que dans leur joie insolente,
Mes superbes ennemis
Insultent à ma détresse ?
Non ; vous changerez en deuil
Et leurs clameurs d'allégresse,
Et les cris de leur orgueil.

Parce qu'à votre justice
Je me soumets volontiers,
Parce que de ma malice
J'ai redressé les sentiers,
A la face de la terre
Je dévoilerai mon cœur,
Et toujours ma faute amère
Le remplira de douleur.

Cependant, prenant courage,
Mes ennemis triomphants
Sentaient redoubler leur rage
A l'aspect de mes tourments,
Ceux dont l'âme opiniâtre
Me poursuivait sans raison
Ont vu leur nombre s'accroître
D'une étonnante façon.

Ceux qui de ma bienfaisance
Ont éprouvé les effets,
Insultent à ma souffrance,
Tout couverts de mes bienfaits ;
Parce que, soumis sans cesse,
J'ai marché dans l'équité.
Témoin du mal qui m'oppresse,
Sauvez-moi, Dieu de bonté.

PSAUME LXVII.

Exurgat Deus.

Que Dieu se lève : et , qu'à sa vue ,
L'impiété fuie éperdue
Comme un nuage au gré du vent ;
Comme , au feu d'une flamme ardente ,
La cire , en goutte bouillonnante
Fond et s'échappe en s'embrasant.

Mais , que le juste ait la richesse
Et qu'il tressaille d'allégresse
En présence du Créateur :
Devant lui , dans vos saints cantiques ,
Louez ses grandeurs magnifiques ,
Son nom , à lui , c'est le Seigneur.

Que tout le craigne et le révère :
De l'orphelin il est le père ,
L'appui de la veuve ; ce Dieu ,
Le voilà dans son sanctuaire ,
Lui qui , de l'homme solitaire ,
Sait faire un peuple en ce saint lieu !

Des captifs Dieu brisa les chaînes,
Et de ceux qui, rongés de peines,
Gémissaient au fond des tombeaux ;
Dans le désert, lorsqu'en présence
De votre peuple, avec puissance,
O Dieu ! vous guidiez les drapeaux !

Alors, sur la terre tremblante,
Du haut du Sina, l'épouvante
A flots se répandit du ciel !
Devant la face formidable
De ce Dieu fort et redoutable,
La face du Dieu d'Israël !

A votre ordre, une douce pluie
Viendra bientôt rendre la vie
A votre héritage altéré :
Il fournira leur subsistance
A vos troupeaux : pour l'indigence,
Seigneur, vous l'avez préparé.

Dieu chargera de sa parole,
Dont la vertu vainc et console,
Les hérauts de son nom divin :
Leur bien-aimé, roi des armées,
Aux beautés même renfermées
Donnera leur part du butin.

Si la part qui vous est échue
D'autres tribus est défendue,
L'on vous verra briller encor
Ainsi que le changeant plumage
De la colombe au doux ramage
Qui reflète l'argent et l'or.

Des rois qui l'auront ravagée
Quand le Seigneur l'aura vengée,
Comme la neige du Selmon
Aux yeux elle sera brillante !
De Dieu la montagne est riante,
Riante et fertile en moisson.

Que sont les autres monts fertiles !
Près d'elle ils paraîtront stériles ;
Par excellence elle est le mont,
Et par sa puissante nature
Et par son luxe de verdure ;
Nul autre n'est aussi fécond.

A Dieu ce mont est agréable,
Il y fait sa demeure stable,
A jamais son séjour est là :
Son char ce sont des milliers d'Anges
Dont les radieuses phalanges
L'escortent là comme au Sina.

Brisant les fers de l'esclavage
Pour le soumettre à votre hommage,
Vous nous avez conquis les cieux ;
Et l'éclat de votre puissance
A fait voir votre présence
Même à ceux qui fermaient les yeux.

De Dieu c'est ici la demeure ;
Béni le Seigneur à toute heure !
C'est lui qui nous conduit au port :
Tous les dangers vont disparaître,
Car de la vie il est le maître,
Et, seul, il commande à la mort.

De Dieu pourtant la main s'apprête
A réduire en poudre la tête
De ses superbes ennemis :
Il brisera la tête altière
De ceux qu'une arrogance fière
Rendit à ses lois insoumis.

Le Seigneur a dit : « Ma colère
Va de Bazan purger la terre
Et l'engloutir au fond des mers ;
Et les jambes des tribus saintes
Dans son sang impur seront teintes ;
Leurs chiens dévoreront ses chairs »

O Dieu la pompe sans égale
De votre marche triomphale,
Digne de mon Dieu, de mon Roi,
Qui réside en son sanctuaire,
D'une ardeur vive et salutaire
Du peuple électrisa la foi.

Parmi les chefs de la musique
De vierges un groupe pudique
Faisait retentir le tambour :
C'étaient eux qui marchaient en tête :
Du Seigneur célébrez la fête,
Fils d'Israël, à votre tour.

Juda tenait le rang suprême ;
Puis, transporté hors de lui-même,
Marchait le jeune Benjamin ;
A Zabulon qui le précède
Voici Nephtali qui succède ;
Puis tous les autres chefs enfin.

Armez, Seigneur, votre puissance ;
Montrez avec magnificence
Ce que vous avez fait pour nous !
Ici, dans votre sanctuaire,
O Dieu ! tous les rois de la terre
Mettront leurs dons à vos genoux !

Refoulez dans leurs marécages
Ceux qui nous causent des ravages
Comme des taureaux furieux :
Que de leur rage soit sauvée
Votre nation éprouvée
Ainsi qu'un argent précieux !

Dissipez, dans votre colère,
Les peuples qui veulent la guerre.
Ici, viendra l'ambassadeur
De l'Égypte autrefois impie,
Et l'on verra l'Éthiopie
Tendre les mains vers le Seigneur.

Louez Dieu, princes pacifiques !
Chantez, chantez-lui des cantiques !
Avec un pompeux appareil,
Lui dont la majesté sacrée
Monte au-dessus de l'Empyrée,
Vers les régions du soleil.

Dieu donne à sa voix formidable
Une puissance incomparable !
De ses faveurs pour Israël
Célébrez la munificence !
Sa force et sa magnificence
Sans cesse éclatent dans le Ciel.

Qu'il paraît, ce Dieu débonnaire,
Admirable en son sanctuaire !
Du Dieu d'Israël la grandeur
Remplit de force et de courage
Le peuple de son héritage !
Béni soit le nom du Seigneur.

PSAUME LXVIII.

Salvum me fac.

Ah ! Seigneur, sauvez-moi ! car les eaux de l'abîme
    Ouvrent sous moi leur sein profond !
Et dans un noir bourbier, malheureuse victime,
    J'enfonce sans trouver de fond !

Emporté loin du bord par la mer agitée,
    Les tempêtes m'ont assailli :
A force de crier ma voix s'est enrouée,
    A vous chercher j'ai défailli !

En nombre ils surpassaient les cheveux de ma tête
    Ceux qui m'abhorrent sans raison :
A de puissants rivaux qui m'ont fait leur conquête
    Je paie une injuste rançon.

Mon Dieu ! vous qui savez ma profonde ignorance
    Et tous les secrets de mon cœur !
Dieu fort, Dieu tout-puissant, rassurez l'espérance
    De ceux que trouble mon malheur !

Que du Dieu d'Israël le serviteur fidèle
　　Épouvanté de mes revers,
N'aille pas, rougissant de m'avoir pour modèle,
　　S'enrôler dans les rangs pervers !

Parce qu'en votre honneur j'ai souffert la misère,
　　Seigneur, me voilà devenu
Comme un être étranger aux enfants de ma mère,
　　Et mes frères m'ont méconnu.

Parce que, pour vos droits tout dévoré de zèle
　　J'osai défendre votre loi ,
De sarcasmes sanglants une effroyable grêle
　　De toutes parts tomba sur moi !

Le jeûne, le travail, la cendre, le cilice
　　Sur moi provoquent leurs fureurs ;
Je fus en butte à ceux qui rendent la justice,
　　Je fus la fable des buveurs !

Mais moi, vers le Seigneur j'élevais ma prière:
　　Seigneur, à de si longs mépris
Ah ! faites succéder la gloire et la lumière
　　Comme vous me l'avez appris.

Arrachez-moi, mon Dieu, de cette fange impure
    Où se sont enfoncés mes pas ;
De mes persécuteurs faites taire l'injure,
    Et sauvez mes jours du trépas.

Sauvez-moi des fureurs de l'horrible tempête
    Et du gouffre effrayant des eaux :
Que l'abîme profond qui s'ouvre sur ma tête
    Cesse d'éterniser mes maux.

Exaucez-moi, Seigneur, dans l'immense étendue
    De votre divine bonté ;
Dieu clément ! d'un regard à mon âme éperdue
    Rendez la sérénité.

Accourez promptement ; je suis dans les souffrances !
    Voyez et contemplez mon sort !
De mes fiers ennemis brisez les espérances,
    Et m'arrachez à leur effort.

Vous savez de mes maux la trop longue série,
    Et mon profond abaissement :
Ils sont tous devant vous ceux qui troublent ma vie
    Et qui prolongent mon tourment !

J'ai cherché quelque ami qui partageât mes larmes,
Hélas ! je n'en ai point trouvé :
Quelqu'un qui déchargeât le poids de mes alarmes,
Et personne ne s'est levé !

Ils m'ont donné, nouvelle injure,
Un fiel amer pour nourriture
Et du vinaigre pour boisson,
Pour prix de leur noire malice,
Puisse la table, leur délice,
Être pour eux un hameçon !

Que pour jamais à la lumière
Se ferme leur triste paupière ;
Que leurs fronts jadis insolents
Regardent tristement la terre !
Que les flots de votre colère
Descendent sur eux par torrents !

Que leur demeure inhabitée,
Ne soit plus jamais fréquentée :
Eux qui m'accablaient de rigueurs
Quand me frappait votre justice ;
Eux qui, fomentant mon supplice,
M'ont fait de nouvelles douleurs !

Que sur leur tête se condense
Un poids énorme de vengeance ;
De votre sein qu'ils soient exclus :
Que leurs noms couverts d'infamie ,
Soient rayés du livre de vie
Et du nombre de vos élus.

Mais moi, souffrant et misérable ,
Votre puissance secourable
A dissipé tous mes malheurs :
Pour un bienfait si magnifique ,
Sujet d'un éternel cantique ,
Je célébrerai vos grandeurs.

Il vous plaira , ce sacrifice,
Mieux que le sang de la génisse ;
Ou du jeune et fougueux taureau :
Vous tous , à la douleur en proie ,
Voyez, livrez-vous à la joie,
C'est Dieu qui sauve du tombeau.

Le Seigneur, d'un œil débonnaire,
A mis un terme à la misère
Des pauvres et de ses captifs :
Cieux, terre, et vous, mer azurée,
Que sa gloire soit célébrée
Avec les transports les plus vifs !

A Sion il rendra la vie ;
Et Jérusalem rebâtie
Va de ses premiers habitants
Devenir encor le partage :
C'est là désormais l'héritage,
De mes fidèles descendants.

PSAUME LXXX.

Exultate Deo.

Aux transports d'une sainte ivresse,
Par des cantiques d'allégresse,
Louez le Dieu votre sauveur?
Que la harpe mélodieuse,
Avec la lyre harmonieuse,
De Jacob chante le Seigneur.

Que le tambour et la trompette
Proclament la brillante fête
Que ramène le mois naissant;
Qu'Israël le garde et révère
Ce jour que, d'un ordre sévère,
Nous a prescrit le Tout-puissant.

Lui-même en fut le coryphée;
Il le plaça comme un trophée
Dans la mémoire de Juda,
Quand, le tirant de l'esclavage,
Il lui fit entendre un langage
Qu'il ne comprenait plus déjà!

6*

De leurs épaules affaiblies
Il fit tomber les lourds fardeaux :
Leurs mains des corbeilles remplies
Ne sentaient plus les durs travaux ,
Lorsqu'indigné de leurs folies,
Dieu leur fit entendre ces mots :

« Je te sauvai dans ta détresse,
Et jusqu'en ce jour de faiblesse
Aux eaux de contradiction ;
Jusques au sein de la tempête
Que je fis gronder sur ta tête ,
Tu m'émus de compassion.

A l'oracle que je vais rendre,
Israël , si tu veux m'entendre ,
Mon peuple , sois docile enfin ;
Que des nations étrangères
Les divinités éphémères
N'habitent jamais dans ton sein.

Je suis ton Seigneur et ton maître
Qui , dans les flots , fis disparaître
De tes barbares oppresseurs
L'orgueil et la haine farouche ,
Tu peux encore ouvrir la bouche,
J'y ferai couler mes douceurs : »

Et ce peuple ingrat et rebelle ,
N'ayant point écouté ma voix ,
J'ai livré son cœur infidèle
A tous les écarts de son choix ;
Ah ! plutôt du Dieu qui l'appelle
Que n'a-t-il observé les lois !

Peut-être , alors , de ma colère
Faisant éclater le tonnerre ,
J'aurais détruit ses ennemis ;
Et, déployant ma main puissante ,
J'aurais répandu l'épouvante
Sur ceux qui l'avaient compromis.

Mais , puisque à ma bonté suprême
Ce peuple s'est soustrait lui-même
Pour embrasser l'iniquité ;
Je vais à ma longue clémence
Faire succéder ma vengeance
Jusqu'au jour de l'éternité.

PSAUME LXXXVIII.

Misericordias Domini.

A jamais je veux rendre hommage ,
O Seigneur, à votre bonté ,
Et que ma bouche , d'âge en âge ,
Proclame votre vérité ,
Votre justice et votre grâce
Vous en avez fait le serment ,
Dans les cieux même auront leur place
Assurée éternellement.

Une alliance solennelle
Me lie avec tous mes élus ,
A David j'ai juré de plus :
« Je rendrai ta race éternelle. »
Après des siècles révolus ,
Le trône de ce roi fidèle ,
Bravant du temps la dent cruelle ,
Rendra ses efforts superflus.

Les cieux publieront vos merveilles ,
Seigneur ! les saints dans leurs concerts
En feront l'objet de leurs veilles !
Est-il quelqu'un dans l'univers,
A Dieu qui puisse être semblable ?
-A lui des saints les chants d'amour !
Ce Dieu si grand, si redoutable ,
Pour tout ce qui forme sa cour.

O puissant roi de la nature !
Rien vous peut-il être pareil ?
La vérité , votre parure ,
Vous rend plus beau que le soleil.
Aux flots de la mer orageuse
Vous commandez en souverain ,
Et la tempête furieuse
A votre ordre se tait soudain.

Vous avez brisé le superbe
Comme on ferait un faible enfant ;
Et vos ennemis comme l'herbe
Tombent sous votre bras puissant.
A vous les mers, à vous la terre,
Et tout ce qui vit dans leur sein !
De la nature tout entière
Vous avez tracé le dessin.

C'est vous dont la haute sagesse
Créa la mer et l'aquilon ;
Et votre nom fait d'allégresse
Bondir le Thabor et l'Hermon !
Gloire à votre main redoutable !
Que votre nom soit respecté,
Votre trône a pour base stable
Le jugement et l'équité.

La vérité, dans votre voie,
Vous précède avec la douceur,
Heureux le peuple dont le cœur
Ressent les transports de la joie !
Pour eux, ils marcheront, Seigneur,
Au flambeau de votre lumière;
Et, pendant la journée entière,
Votre nom fera leur bonheur.

C'est l'appui de votre justice
Qui fait l'éclat de leurs succès ;
C'est par votre bonté propice ,
Que réussissent nos projets.
Le Seigneur est notre défense,
Le Saint d'Israël notre roi !
Oui, Dieu l'a dit en confidence
Aux saints les plus dignes foi :

« J'ai pris un homme plein de zèle
Pour l'élever au plus haut rang ;
David, mon serviteur fidèle,
Choisi d'entre ceux de son sang :
Je l'ai sacré de l'huile sainte,
Et j'étendrai ma main sur lui :
Qu'il soit exempt de toute crainte,
Car mon bras sera son appui.

Sur lui la perfide malice
N'obtiendra jamais de succès ;
En vain le fils de l'injustice
Contre lui lancerait ses traits :
Car sous mon glaive, en sa présence,
Tous ses ennemis tomberont,
Et je dissiperai l'engeance
De tous ceux qui le haïront.

Il sentira comment s'accorde
Enfin avec ma vérité
L'effet de ma miséricorde ;
Et, sous son sceptre redouté,
Alors il verra son empire
S'étendre, à l'ombre de mon nom,
Des rives où la mer expire
Aux fleuves les plus en renom.

Alors, lui : « Vous êtes mon père !
En m'invoquant, me dira-t-il ,
Mon Dieu, mon appui salutaire ,
Qui sauvez mes jours du péril ! »
Au-dessus des rois de la terre ,
Je le ferai mon premier-né ;
A jamais mon œil tutélaire
Veillera sur mon protégé.

Oui, je garderai l'alliance
Que j'ai contractée avec lui ;
Je prolongerai l'existence
De sa famille à l'infini ;
Comme le ciel vivra son trône :
Mais si , réfractaire à mes lois ,
Sa postérité m'abandonne ,
De mon courroux gare le poids !

S'ils profanent mes ordonnances.
Violent mes commandements ,
Je ferai payer leurs offenses
Des plus terribles châtiments :
Mais jamais jusqu'à la ruine
L'on ne me verra les punir,
Et de ma promesse divine
Je garderai le souvenir.

Non, mon serment n'est point frivole ;
J'en ai juré mon nom divin ,
A David je tiendrai parole ;
Sa race n'aura point de fin :
Et son trône, dans ma présence ,
Brillera comme le soleil,
Sans éprouver de décadence ,
A l'astre de la nuit pareil.

Mais sans changement dans sa sphère ,
Soit de phase, soit de conjoint;
Il en est un témoin sincère ,
Dans le ciel, qui ne trompe point. »
Et cependant, dans sa colère ,
Qui ne connaît jusqu'à quel point
Le Seigneur, de son bras sévère,
A proscrit et meurtri son Oint !

Vous avez rompu l'alliance
Jurée à votre serviteur ;
Vous avez détruit sa défense ,
Rempli son logis de terreur;
Pour le piller par leurs ravages ,
Les passants quittent leur chemin,
Et des plus indignes outrages
Il est chargé par son voisin.

Vous avez excité l'audace
De ses injustes oppresseurs ;
Vous avez réjoui la face
De ses cruels persécuteurs :
Vous n'avez plus à sa vaillance
Prêté l'appui de votre bras,
Et vous l'avez, sans assistance,
Abandonné dans les combats.

Tout manque aux soins de sa personne :
Vous avez, sur le sol désert,
Jeté les débris de son trône ;
De honte vous l'avez couvert,
Abrégé les jours de sa vie.
Jusques à quand doit donc durer,
Seigneur, ainsi votre furie,
Et comme un feu me dévorer ?

Ah ! souvenez-vous de notre être
Combien les jours sont incertains ;
Pourquoi donc avez-vous fait naître
Les fils des malheureux humains ?
Quel est l'homme dont l'existence
Ne vient aboutir à la mort ?
Du tombeau, par quelle puissance
Pourrait-il éviter le sort ?

Seigneur, que sont donc devenues
Tant de promesses d'autrefois ,
Si formellement reconnues ,
Même à David , par votre voix ?
Seigneur, rappelez-vous l'injure
Qu'en mon sein tant de nations
Versèrent de leur bouche impure ,
Dans mes humiliations.

Que de sanglantes railleries
A votre Christ ont fait subir
Vos ennemis , dans leurs furies ,
Seigneur, en le voyant languir
Dans une infortune cruelle !
Sauvez , sauvez-le du péril ! ! !
Au Seigneur louange éternelle !
Ainsi soit-il ! ainsi soit-il !

PSAUME XCII.

Dominus regnavit.

Le Seigneur a régné : de son œil échappée ,
L'étincelle jaillit d'un fulgurant éclat !
Il marche dans sa force , il a ceint son épée
Comme un puissant guerrier qui s'avance au combat :

      Sur une base inébranlable ,
      Sa main a posé l'univers ,
      Et fixé son trône immuable
      Dans la région des éclairs.

      Contre ta puissance éternelle ,
      Seigneur, dans leur courroux rebelle ,
      Les fleuves ont poussé leurs cris ;
      Parmi la pluie et les nuages ,
      Au bruyant fracas des orages ,
      Ils ont poussé leurs flots hardis.

O mer, qu'ils sont affreux, horribles,
Les élans de tes flots terribles !
Mais le Seigneur s'est présenté,
Environné de sa puissance ;
Soudain, dans un profond silence,
Le flot recule épouvanté.

Par ces prodiges effroyables
Vos témoignages trop croyables
Seront l'objet de mes amours.
Oui, de votre demeure illustre
La sainteté fera le lustre
Par delà les temps et les jours !

7

PSAUME CXIII.

In exitu.

Quand du sein d'une terre affreuse
Dieu tira de Jacob la race malheureuse,
Et la ravit aux mains de ses durs oppresseurs
Il voulut de sa part une humble obéissance,
Et le tribut sacré de sa reconnaissance
Pour prix de ses rares faveurs.

Soudain, à sa vue,
La mer éperdue
Recule et s'enfuit;
Le fleuve, à grand bruit,
Détournant sa course,
Regagne sa source;
Le vallon bondit,
Le mont qui s'anime
Agite sa cime,
Tressaille, interdit.

O mer, pourquoi prendre la fuite?
Et toi, fougueux Jourdain, dans ta course fortuite,
Pourquoi ne suis-tu plus la pente de tes eaux?
Pourquoi tous ces transports, immobiles montagnes?
Et d'où vient qu'à vos pieds les paisibles campagnes
    Bondissent comme des agneaux?

    C'est Dieu dont l'aspect redoutable
A fait naître en tout lieu cet effroi formidable;
Il fait trembler la terre et reculer les mers,
Le Seigneur, dont la voix puissante est productive,
Fait jaillir tout à coup les torrents d'une eau vive
    Du sein des arides rochers.

    Non pas à nous que la gloire s'accorde!
    Non pas à nous la gloire et son renom,
    C'est à vous seul, Dieu de miséricorde,
    Qu'elle appartient! seul, à votre saint nom !

Cessez, ô nations, votre insultant langage,
Ne venez plus nous dire : « Où donc est-il, leur Dieu? »
Son trône, c'est le ciel; le monde est son ouvrage;
Son empire s'étend à tout être, en tout lieu?

O nations, les dieux factices
Qui reçoivent vos sacrifices,
Ce sont l'or et l'argent, façonnés par les mains
Des crédules humains.

Munis de bouche sans paroles,
De nez et d'oreilles frivoles,
De mains sans tact, ils ont des yeux pour ne point voir,
Des pieds sans se mouvoir.

Puissent leur ressembler ceux dont ils sont l'ouvrage,
Et tous ceux qui jamais se permettraient l'outrage
D'y mettre leur espoir.
Israël s'est tourné vers le Dieu qu'il révère ;
Il est son souverain, son Seigneur et son père,
Il est tout son avoir.

Aron dans le Seigneur a mis sa confiance ;
Il est toute sa force et sa sainte espérance,
Il est son protecteur.
Lorsqu'on espère en Dieu, lorsque l'on a sa crainte,
L'on ressent les effets de sa puissance sainte,
On l'a pour défenseur !

Dieu s'est ressouvenu de nos faibles hommages,
Il nous en a donné des authentiques gages,
  Sa bénédiction.
Le Seigneur a béni les descendants fidèles
D'Israël et d'Aron, il les couvre des ailes
  De sa protection.

Le Seigneur bénit ceux qui craignent sa disgrâce,
Il les enrichit tous des trésors de sa grâce,
  Les petits et les grands.
Qu'à jamais le Seigneur, des mains de sa clémence
Fasse couler sur vous des torrents d'abondance,
  Sur vous et vos enfants !

O vous, enfants chéris de cet aimable père,
Oui, ce Dieu créateur du ciel et de la terre
  Vous comble de ses dons.
Le souverain des cieux s'en réserve l'empire;
Mais il soumit la terre au bras qui la déchire,
  Et nous lui commandons.

Auprès de vous, Seigneur, ni les vœux de la tombe,
Ni les cris dechirants du damné qui succombe,
  Ne sont d'aucun secours;
Mais nous qui du trépas ignorons les ravages,
Bénissons le Seigneur, rendons-lui nos hommages,
  Jusqu'au dernier des jours.

PSAUME CXXIX.

De profundis.

Seigneur ! du fond de ma misère,
Élevant mes yeux languissants,
Vers toi, mon Sauveur et mon père,
J'ai poussé mes cris suppliants !
Au souvenir de mon offense,
Ah ! fais succéder ta clémence,
Et qu'ils arrivent jusqu'à toi !
Sauve-moi d'un regard propice,
Mon Dieu ! car devant ta justice
Qui pourrait calmer mon effroi?

Oui, mon Dieu ! ton sein secourable
Renferme les riches trésors
Du pardon qu'attend le coupable
Pour guérir enfin ses remords,
C'est toi, c'est ta volonté sainte
Qui me fait mépriser la crainte
Que l'ennemi jette en mon cœur !
En toi mon âme se confie !
C'est ta loi qui soutient ma vie,
Et qui m'attache à toi, Seigneur.

Depuis les lueurs de l'aurore
Jusques aux ombres de la nuit,
Qu'Israël espère, et t'adore,
O toi, par qui tout est produit!
Oui, ton sein cache une abondance
Et de salut et de clémence
Pour qui reconnaît tes bontés !
Le pécheur repentant qui t'aime
Sera délivré par toi-même
Du poids de ses iniquités.

PSAUME CIII.

Domine, exaudi orationem meam.

Seigneur, à ma voix plaintive
Que votre oreille attentive
Daigne exaucer mes désirs :
Quand je suis dans la souffrance,
Que votre aimable présence
Vienne adoucir mes soupirs.

Quelque jour que vous appelle
La voix d'un enfant rebelle,
Qu'il reçoive un prompt secours;
Car, de ma vie éphémère,
Ainsi qu'une ombre légère :
Se sont dissipé ses jours.

Et, tels qu'une paille aride,
Mes os et ma peau livide
Sont consumés de langueur :
Ma beauté tombe flétrie,
Comme l'herbe en la prairie
Sous la faux du moissonneur.

Oubliant sa nourriture,
Mon cœur sec fut la pâture
Des plus cuisants déplaisirs :
J'ai vu toute ma substance
Se tarir par l'abondance
De mes pleurs, de mes soupirs.

Semblable, dans ma misère,
Au pélican solitaire,
Ou tel que l'oiseau des nuits,
J'ai vu couler mes journées,
D'amertume empoisonnées,
Dans les plus sombres réduits.

Ceux que leur haine rassemble,
Dans mon malheur, tous ensemble,
M'accablaient par leur courroux :
Ceux qui flattaient ma fortune,
Dans ma détresse importune,
Contre moi conspirent tous.

Or, mon pain c'était la cendre ;
Les pleurs que j'eus à répandre
Se mêlaient à ma boisson ;
Ces pleurs qu'à votre justice
J'ai payés pour ma malice
Et ma noire trahison.

Du faîte de la puissance
Et du sein de l'opulence,
Me voilà précipité !
Comme une ombre a fui ma vie,
Et ma beauté s'est flétrie
Comme l'herbe de l'été.

Mais vous, Seigneur adorable,
Votre existence immuable
N'a rien à craindre des ans,
Et votre divine gloire,
Ainsi que votre mémoire
Vivra par delà les temps.

Sion, triste et désolée,
Par vous sera consolée
Au jour de votre réveil ;
Car elle est enfin prochaine
L'heure où, pour briser sa chaîne,
Vous romprez votre sommeil.

Ah ! vos serviteurs fidèles
Sentent des douleurs mortelles
En la voyant aux abois ;
Mais votre grandeur sacrée
Alors sera célébrée
Et des peuples et des rois.

Car, ses nouvelles merveilles
Diront du Dieu des batailles
La grandeur et le pouvoir ;
A la voix du misérable
Votre bonté secourable
Comble, à la fin, son espoir.

Qu'aux enfants d'une autre race
On raconte cette grâce
Pour qu'ils servent le Seigneur
Qui, sur cette pauvre terre,
Jette un regard débonnaire,
Du trône de sa grandeur.

Il voit l'humble qu'on outrage,
Rompt les fers de l'esclavage,
Et console l'orphelin :
Que Sion vante sa gloire,
Que le chant de la victoire
Retentisse en son chemin !

C'est alors que les provinces,
Les peuples avec les princes
Accourront tous à l'envi,
Ensemble pour se soumettre
Au joug du souverain maître
Dont chacun sera ravi.

Verrai-je cette promesse,
Disais-je, plein d'allégresse,
A la fleur de mon printemps ?
Ah ! Seigneur ! aimable maître,
Mon Dieu ! faites-moi connaître
Le nombre de mes instants.

Au milieu de ma carrière,
Pour toujours à la lumière
N'allez pas fermer mes yeux,
O beauté toujours nouvelle !
Vous dont la main éternelle
Forma la terre et les cieux.

Soumis à la loi commune,
Un jour, de notre infortune
Ils sentiront les effets ;
Ainsi qu'un manteau de bure,
Se vieillira la nature ;
Dieu seul ne change jamais.

Votre nation chérie,
Dans son antique patrie
Sera rétablie un jour ;
Et ses fils de race en race,
Exempts de notre disgrâce,
S'y fixeront sans retour.

Janvier 1832.

PSAUME CXXXVI.

Super flumina Babylonis.

Assis près des tristes rivières
D'une lointaine région,
Des pleurs coulaient de nos paupières
Au doux souvenir de Sion.

Pendant qu'aux saules de ses rives,
Muets, pendaient nos instruments,
Hélas ! à nos tribus captives
Nos tyrans demandaient des chants.

Ils nous disaient d'un ton d'empire ;
Au sein de notre affliction :
« Chantez, chantez ; que votre lyre
Nous dise les chants de Sion. »

Eh ! dans notre douleur amère,
Loin du berceau de nos aïeux,
Comment, sur la terre étrangère,
Chanter un cantique joyeux?

Ah ! plutôt, que ma main périsse,
Jérusalem, sacré séjour !
Que mon sang dans mon cœur tarisse
Avant de perdre ton amour !

Que ma langue, sèche et glacée,
Soudain s'attache à mon palais,
Si, de ma mémoire effacée,
Ton souvenir se perd jamais !

Si tu n'es pas, dans mes cantiques,
Le premier de mes souvenirs,
Si toujours tes parvis antiques
Ne sont l'objet de mes soupirs.

Ne perdez pas de la mémoire,
Seigneur, Edom et ses fureurs,
Ses cris de mort et de victoire,
Au jour sanglant de nos malheurs !

Fille infâme de Babylone,
Cruel auteur de nos fléaux ;
Gloire à celui qui, sur ton trône
Fera pleuvoir les mêmes maux.

Gloire à la fureur meurtrière
Qui saisira, de bras puissants,
Et brisera, contre la pierre,
Le tendre corps de tes enfants.

PSAUME CIII.

Benedic, anima mea.

Bénis le Seigneur, ô mon âme !
O Seigneur que vous êtes grand !
Vous avez l'éclat de la flamme,
La lumière pour vêtement !

Vous avez arrondi la voûte
Du ciel, ainsi qu'un pavillon :
La nue est votre char de route,
Et vous volez sur l'aquilon.

Vous rendez vos anges agiles
Ainsi que le souffle des vents ;
Et, pareils aux flammes subtiles,
Volent vos ministres ardents.

Sur des bases inébranlables
Vous avez fondé l'univers;
Aux siècles même inattaquables,
Elles braveront les hivers.

Ainsi qu'une ceinture humide
L'entourent des gouffres profonds;
Et des eaux la vapeur fluide
S'élève par dessus les monts.

A la voix de votre colère
Elles s'enfuiront de terreur;
Et le bruit de votre tonnerre
Les fera tressaillir d'horreur.

Elles élèvent en montagnes
Leurs flots par les vents soulevés.
Ou s'aplanissent en campagnes
Aux lieux que vous leur prescrivez.

Hors de la limite tracée
De par votre ordre tout-puissant,
Jamais leur fureur insensée
N'envahira le continent.

Vous faites les sources fécondes
Couler au sein des frais vallons ;
Les fleuves promener leurs ondes
Entre les flancs creusés des monts.

Ici, vient et se désaltère
Le bétail des champs tour à tour ;
Et puis l'onagre solitaire
S'y vient abreuver à son tour.

C'est là que, fixant leur demeure,
Les oiseaux ont placé leurs nids ;
Du haut des rochers, à toute heure,
Ils y font entendre leurs cris.

Votre main verse à la montagne
Les réservoirs du firmament ;
Et de vos trésors la campagne
Étale le riche présent.

L'herbe, pour les bêtes de somme,
Forme des prés le vert tapis ;
Et, pour l'utilité de l'homme,
Les plantes portent leurs épis.

Vous faites produire à la terre
Le vin qui réjouit son cœur,
L'huile à ses besoins nécessaire,
Le pain qui soutient sa vigueur.

Aux bois vous donnez leur parure,
Ainsi qu'aux cèdres du Liban;
Ils abritent de leur verdure
La famille du pélican.

Là, sur les monts, le cerf rapide
Brave les flèches de l'archer;
Ici, le hérisson timide
Se tapit aux creux du rocher.

A votre voix impérieuse,
La lune eut des aspects divers ;
Et, dans sa marche radieuse,
L'astre du jour franchit les airs.

Vous répandîtes les ténèbres,
Elles enfantèrent la nuit;
Usant de leurs voiles funèbres,
La bête quitte son réduit.

Le carnage excite leur joie :
Par des rugissements d'horreur,
Les lions appellent leur proie
Et la demandent au Seigneur.

Le jour paraît; tout se retire
Et rentre au fond de son séjour :
L'homme, alors, reprend son empire
Pour jusqu'à la chute du jour.

Que vos œuvres sont magnifiques !
De votre sagesse, à nos yeux,
Seigneur, que de traits authentiques !
Vos biens remplissent tous les lieux !

Là, dans son immense étendue,
La mer embrasse l'univers.
Dans ses abîmes confondue,
Quelle foule d'êtres divers !

Quelle différence inouïe
Des plus petits jusqu'aux plus grands !
Et là, dans leur marche hardie,
Les vaisseaux sillonnent ses flancs !

Ce monstre , à l'énorme stature ,
Qui se joue au milieu des flots !
Tous attendent la nourriture
Que vous leur donnez à propos !

Si votre main la leur envoie ,
Ils usent de votre bienfait ,
En faisant éclater leur joie
Du bien que vous leur avez fait.

Leur ôtez-vous votre assistance ,
Tout deviendra confusion :
Faute d'un souffle , leur existence
S'éteint , tombe en corruption.

S'il revient ; ils reprennent vie ;
L'aspect du monde changera :
Soit au Seigneur gloire infinie !
De son œuvre il s'applaudira.

La terre tressaille , alarmée ,
Lorsque son regard l'aperçoit ;
Le mont s'évapore en fumée
Sitôt que le touche son doigt !

Je chanterai, toute ma vie,
Et louerai le Seigneur mon Dieu !
Qu'à jamais ma bouche publie
Sa gloire et son nom en tout lieu !

Qu'il disparaisse de la terre,
Le nom odieux du pécheur !
Qu'il rentre lui-même en poussière !
Mon âme, bénis le Seigneur !

ISAIE.

X.

Malheur à ceux qui font des lois iniques,
A ceux qui font des décrets tyranniques
Pour opprimer le faible en jugement
Et dépouiller la veuve et l'innocent !

Que ferez-vous au jour de la visite
Où le Seigneur que l'injustice irrite
Fera de loin pleuvoir les maux sur vous ?
Eh ! qui pourra vous soustraire à ses coups ?

Qui s'armera pour dissiper vos peines
Et pour briser la honte de vos chaînes ?
Pour empêcher qu'un tragique trépas,
A votre tour, ne vous atteigne pas ?

L'ire de Dieu n'est pas encor contente :
Sa main sur vous est toujours menaçante !
Mais à toi-même, Assur, aussi malheur !
Toi, mon bâton , ma verge de fureur :

Je t'ai chargé du soin de ma vengeance
Pour châtier une perfide engeance,
A ma fureur un peuple dévoué.
C'est pour cela qn'Assur est envoyé.

Qu'il aille donc lui ravir sa parure ,
Et le fouler comme une boue impure.
Mais non , d'Assur tel n'est pas le dessein
Des nations il ne veut que la fin.

Son but est de conquérir des provinces ;
Car il dira : « Tous les rois sont mes princes !
Est-ce qu'Emath , Calano , Charonis ,
Arphad , Damus ne me sont pas soumis ?

Ma main , après les royaumes d'idoles ,
De Samarie a brisé les symboles :
Jérusalem de même aura son tour ;
J'enlèverai ses images un jour. »

Contre Sion ma vengeance assouvie,
Voici ce dont elle sera suivie :
Du fier Assur tombera le dédain ;
J'abaisserai, dit Dieu, son front hautain.

Il se disait : « Ce n'est qu'à ma puissance
Que je dois tout, ou bien à ma prudence :
J'ai reculé les bornes des états,
Et j'ai courbé le front des potentats !

Et, sous ma main comme une humble couvée,
Des nations la force s'est trouvée !
Comme des œufs tous les peuples j'ai pris,
Sans rencontrer ni d'efforts ni de cris. »

Voit-on là hache au charron infidèle,
Ou, sous sa main, la scie être rebelle ?
Ainsi, la verge élèverait la voix,
Ou le bâton qui n'est qu'un simple bois !

Voilà pourquoi le Seigneur des armées
Broiera d'Assur les forces alarmées :
Et le brûlant éclat de sa splendeur
Va le détruire, ainsi qu'un feu vengeur !

Oui, d'Israël la lumière est la flamme ;
Son Saint, le feu dont la fureur enflamme ,
Et va détruire, enfin, dans un seul jour ,
Du fier Assur les buissons sans retour.

Cette forêt, ce Carmel magnifique
Disparaîtront comme un rêve magique ;
Assur fuira de terreur : un enfant
Pourra compter le nombre survivant.

Et de Jacob les restes misérables
Ne craindront plus ses armes redoutables ;
Mais désormais les restes d'Israël
N'invoqueront que le seul Eternel.

Oui, de Jacob les faibles restes, dis-je,
Vers le Dieu fort reviendront, par prodige :
Car, fussent-ils en un nombre inouï ,
Peu d'Israël s'en reviendront à lui.

Mais sur ce peu, comme une onde propice,
Se répandront des torrents de justice ;
Car le Seigneur fera dans ce moment ,
Au sein du monde, un grand retranchement.

C'est pourquoi, dit le Seigneur des armées ,
Ne courbez plus vos têtes effrayées;
Ne craignez plus Assur , fils de Sion :
Il sentira mon indignation.

Il te fera sentir sa verge inique ,
Et son bâton sur la route d'Afrique ,
Mais un moment : et ma juste fureur
De ses forfaits punira la noirceur.

Du Dieu des forts la vengeance s'apprête ;
Elle s'en va d'Assur frapper la tête ,
Comme autrefois à la roche d'Oreb
Elle atteignit le complice de Zeb.

Ce qu'à la mer il fit dans sa colère ,
Sur le chemin d'Egypte il va le faire :
Le joug d'Assur s'en ira comme l'eau ,
Et devant l'Oint tombera ton fardeau.

Passant Magron , vers Ajath il s'engage ,
Et dans Machmas il laisse son bagage :
Au pas de course, ils ont atteint Gaba :
Gabaath fuit : le trouble est dans Rama.

7

Pauvre Anathoth ! ô Laïsa, soupire !
Ménéména de ses murs se retire.
Pousse des cris, ô fille de Gallim !
Prenez courage, habitants de Gabim.

Encore un jour, Nobé sous ses murailles
S'en va les voir ! Mais le Dieu des batailles,
Quand de la main ils menacent Sion,
Les frappera d'extermination.

Sa fureur va les briser comme un vase ;
De ces hautains il fera table rase :
Les pins altiers tomberont sous le fer,
Et le Liban se verra dépouiller.

XI.

De Jessé sortira la tige la plus belle
Que l'on verra produire une éclatante fleur.
Et l'esprit du Seigneur reposera sur elle
Pour orner de ces dons ce rejeton vainqueur :

Tels qu'esprit de sagesse , esprit d'intelligence ,
Esprit de bon conseil, esprit de piété ,
Esprit de force avec celui de la science,
Esprit de crainte , enfin , de la divinité.

Ilne jugera point d'après les apparences
Et ne s'en tiendra pas à d'incertains rapports ,
Il pèsera de tous les droits et les offenses ,
Et des hommes de paix il vengera les torts.

Le glaive de sa voix frappera la nature
Il exterminera d'un souffle le méchant :
La justice sera de ses reins la ceinture ,
Le voile de la foi sera son vêtement.

Et l'on verra, sous son empire ,
Le loup coucher avec l'agneau ,
Le léopard près du chevreau
Ensemble on verra se produire
Le lion , la brebis , le veau ;
Un enfant pourra les conduire :
L'ours paîtra tout près du taureau ;
Et leurs familles , sans se nuire,
N'auront plus qu'un même berceau.

Le lion avec la génisse
S'en viendra paître le panic ;
L'enfant encore à la nourrice
Jouera sans mal avec l'aspic ,
Ou portera sa main novice
Dans le réduit du basilic :
Ces animaux de leur malice
Dépouilleront alors le tic
Sur le saint mont du sacrifice ;
Les flots d'une bonté propice
Dépasseront le plus haut pic.

Aussi , dans ce jour salutaire
De Jessé l'illustre rameau
Aux yeux des peuples de la terre
Sera levé comme un drapeau :
A son tour un peuple nouveau
L'invoquera par sa prière ;
Une gloire extraordinaire
Environnera son tombeau.

Alors , de sa race chérie
Dieu rassemblera les lambeaux .
Qu'aura respectés la furie
De l'Egypte et de l'Assyrie ,

D'Ethiopie et de Phétros ,
Et d'Élam et de l'Arabie ,
De ceux d'Émath et de Nubie ,
Des peuples fiers de leurs vaisseaux.

On verra d'Ephraïm la haine alors s'éteindre ,
De Juda périront les ennemis confus ;
Ephraïm à Juda ne se faisant plus craindre ,
Juda contre Ephraïm ne se lèvera plus.

S'élançant sur la mer leur intrépide armée
Au cœur des Philistins viendra jeter l'effroi ;
Les fils de l'Orient , Moab et l'Idumée ,
Et les enfants d'Ammon d'eux recevront la loi.

Dieu lèvera sa main sur l'Egypte et son fleuve ,
De désolation il frappera sa mer ;
De son souffle brûlant le Nil fera l'épreuve ,
Ses sept ruisseaux pourront à pied sec se passer.

Aux restes de mon peuple une voie est ouverte ,
Aux restes échappés au fer assyrien ,
Comme Israël jadis , par la mer entr'ouverte ,
Passa lorsqu'il fuyait le sol egyptien.

XII.

En ce jour ta voix ranimée,
Dira : — Seigneur, votre fureur
Contre moi s'était allumée ;
Mais la voilà qui s'est calmée,
Vous avez consolé mon cœur.

Il est le Dieu que je dois croire,
De mon esprit il est le but,
Il est l'auteur de ma victoire,
Il est ma force, il est ma gloire,
Il est mon appui, mon salut.

Vous puiserez une eau vive,
Avec joie au puits du Sauveur ;
Pour tant de bien qui vous arrive,
D'une voix encor plus active,
Vous direz : — Chantez le Seigneur !

Que tout d'une voix unanime
Célèbre ses desseins divers
Qu'on ait son nom en haute estime ,
Car ce nom est le nom sublime ,
C'est lui qui règle l'univers.

Chantez ; à sa majesté sainte
Qu'on chante un hymne universel ;
O Sion, chante-le sans crainte ,
Tu possèdes dans ton enceinte
Le Très-Haut , le saint d'Israël !

XIII.

Le fils d'Amos dit contre Babylone :
« Haussez la voix , arborez l'étendard
Au front du mont que la nue environne ;
Que les guerriers franchissent le rempart.

J'ai donné l'ordre à des soldats d'élite
J'ai fait venir des braves de mon choix ;
Pour les combats ma fureur les excite,
Et de ma gloire ils exaltent les droits.

Vois, sur les monts, d'une foule infinie
Comme le bruit de grands rassemblements ,
La voix des rois et des peuples unie.
Le Dieu des forts commande aux combattants.

Ils sont venus de loin, des bouts du monde !
C'est Dieu ! ce sont les bras de sa fureur !
Devant eux marche une terreur profonde ;
Poussez des cris ; c'est le jour du Seigneur.

Il viendra tel qu'un terrible ravage
Qu'a déchaîné la main du Tout-Puissant ;
Et tous les bras tomberont sans courage ;
Et tout cœur d'homme haltera chancelant.

Les nerfs crispés par l'effroi de leurs âmes
On les dirait des femmes en travail;
Leurs fronts seront comme havis des flammes,
L'un deviendra pour l'autre épouvantail.

Dieu l'enverra ce jour plein de colère ,
D'effroi cruel, de trouble et de terreur !
En un désert il changera la terre ,
Et de son sein détruira les pécheurs !

Au firmament pâliront les étoiles ;
A l'Orient, sortant, l'astre du jour
Apparaîtra, couvert de sombres voiles ;
La lune, au ciel, s'éteindra sans retour.

Je jugerai les crimes de la terre ,
Je confondrai l'audace des méchants ,
Je forcerai leur orgueil à se taire ,
Et j'abattrai l'arrogance des grands.

L'or est pour moi moins précieux que l'homme ;
C'est pour cela qu'en ce jour désastreux
La terre doit crouler comme un atome ,
Que mon courroux ébranlera les cieux.

Comme le daim qui fuit d'un pas agile,
Ou , sans pasteur, comme erre une brebis ,
On les verra, pour chercher un asile ,
A pas pressés courir vers leur pays.

Pour les vaincus ni pardon ni clémence ,
Tout survenant aura le même sort ;
Leurs fils seront tués en leur présence ;
Dans leurs maisons sont l'opprobre et la mort.

Voilà contre eux que j'enverrai les Mèdes
Qui, dédaigneux de l'or et de l'argent,
Feront périr sous leurs coups, sans remèdes,
Et le vieillard, et la mère et l'enfant.

Et l'on verra l'altière Babylone,
Cette cité, la reine des états,
Des Chaldéens l'orgueil et la couronne,
Comme Sodome engloutie au trépas.

L'œil chercherait en vain la place absente
Où s'élevaient ses superbes palais;
L'Arabe au loin ira fixer sa tente
Et les troupeaux n'y parqueront jamais.

Ses murs seront des bêtes le repaire,
Et ses maisons l'asile du dragon;
Là s'enfuira l'autruche solitaire,
Là s'ébattront les renards vagabonds.

Là, les hiboux durant les nuits sereines
Comme à l'envi rempliront de leurs cris
Ses monuments, et d'impures sirènes
Usurperont ses fastueux lambris.

XIV.

Il approche le temps, et la jour va paraître
Où le Dieu de Jacob va le faire renaître ;
Israël de nouveau reverra ses foyers ;
Envers lui le Seigneur usant de sa clémence,
Fera dans sa maison renaître l'abondance :
Pour se joindre à Jacob viendront des étrangers ;
Les peuples les prendront pour les mettre à leur places
Et d'Israël alors ils serviront la race.
            Dans l'héritage du Seigneur.

            Et le captif de son vainqueur
            A son tour deviendra le maître
Et sous son joug enfin le fera se soumettre.
Alors, quand le Seigneur à tes rudes travaux
Aura fait, à la fin, succéder le repos,
Toi, n'étant plus soumis au joug de sa personne,
Comme tu fus jadis; au roi de Babylone
            Tu t'adresseras en ces mots:

Comment a disparu ce maître impitoyable ? (1)
Et comment du tribut, dont nous fûmes chargés
        Sommes-nous soulagés ?
Le Seigneur a brisé le sceptre redoutable
Dont le poids accablait les humains languissants,
Ce sceptre qui frappait d'une plaie incurable
        Les mortels gémissants !

Nos cris sont apaisés: la terre est en silence,
Le Seigneur a dompté ta barbare insolence,
        Cruel et superbe tyran !
        Les cèdres mêmes du Liban
        Se rejouissent de ta perte :
« Il est mort, disent-ils, et l'on ne verra plus
        La montagne couverte
Des restes de nos troncs par le fer abattus! »

Ton aspect imprévu fit trembler les lieux sombres ;
Tout l'enfer se troubla : les plus superbes ombres
        Coururent pour te voir :
Les rois des nations, descendant de leur trône,
        T'allèrent recevoir :

(1) J'emprunte à Racine, fils, la belle traduction de ce morceau sublime.

« Toi-même , dirent-ils, ô fils de Babylone ,
Toi-même comme nous te voilà donc percé !
   Sur la poussière renversé ,
   Des vers tu deviens la pâture ,
   Et ton lit est la fange impure !

   Comment es-tu tombé des cieux ,
   Astre brillant, fils de l'Aurore ?
   Puissant roi, prince audacieux ,
   La terre aujourd'hui te dévore !
   Comment es-tu tombé des cieux ,
   Astre brillant , fils de l'Aurore !

Dans ton cœur tu disais : A Dieu même pareil ,
J'établirai mon trône au-dessus du soleil ;
Et, près de l'Aquilon , sur la montagne sainte
   J'irai m'asseoir sans crainte :
A mes pieds trembleront les mortels éperdus !
   Tu le disais , et tu n'es plus !

Les passants qui verront ton cadavre paraître
Diront en se baissant pour te mieux reconnaître :
Est-ce là ce mortel qui troubla l'univers ;
Par qui tant de captifs soupiraient dans les fers ;
Qui perdit tant d'États, détruisit tant de villes ;
   Sous qui les champs les plus fertiles
   Devenaient d'arides déserts ?

8

Tous les rois de la terre ont de la sépulture
    Obtenu le dernier honneur ;
    Privé, toi seul, de ce bonheur,
En tous lieux rejeté, l'horreur de la nature ,
Homicide d'un peuple à tes soins confié,
De ce peuple aujourd'hui tu te vois oublié !

Qu'on prépare à la mort ses enfants misérables
La race des méchants ne subsistera pas.
Courez à tous ses fils annoncer le trépas ;
Qu'ils périssent ! L'auteur de leurs jours déplorables
    Les a couverts de son iniquité.

Frappez, faites sortir de leurs veines coupables
Le reste impur du sang dont ils ont hérité !
La grandeur ne doit pas devenir leur partage ,
Et la terre pour eux n'aura point d'héritage ,
Ils ne seront plus fiers de leurs vastes États. »

Je m'armerai contre eux, dit le Dieu des combats,
J'éteindrai tout à fait le nom de Babylone ;
    Sous les débris de sa couronne
J'écraserai son peuple et tous ses rejetons.

Asile désormais des tristes hérissons,
En un marais fangeux elle sera changée,
Et comme un sable vil par ma main balayée.
   C'est le Seigneur qui l'a juré,
    Et son serment est assuré.

« J'exterminerai donc (c'est Dieu qui vient le dire)
    L'Assyrien de mon empire,
    Jusque sur le sommet du mont,
    Mon pied écrasera son front.

Arrachant les mortels à son sceptre sauvage,
Je briserai pour eux le joug de l'esclavage.
Ce sont là les projets que j'ai sur l'univers,
Et ce que je ferai pour les peuples divers.

Voilà les volontés du seigneur des armées,
Qui pourrait les changer quand il les a formées ?
    Qui pourra retenir son bras
    Lorsque sa main voudra s'étendre ?.

    Dans l'année où mourut Achaz
    Cet oracle se fit entendre :
    Ne triomphe pas, Philistin,
De ton persécuteur en voyant le destin ;

Ne te livre pas à la joie ;
Car du tronc coupé de l'aspic
Il doit sortir un basilic
Qui de l'oiseau fera sa proie.

Les fils de l'indigent verront finir ses maux ;
Les pauvres goûteront les douceurs du repos :
    Mais les restes de ta racine
    Périront tous par la famine.

Porte , lamente-toi ! Ville, pousse des cris !
Le deuil des Philistins a couvert le pays !
    Une colonne de fumée
    Des régions de l'Aquilon
    S'avance comme un tourbillon ;
    Rien ne résiste à cette armée.

    Alors aux nations du monde
    Que croyez-vous que l'on réponde ?
On dira : « De Sion le Seigneur est l'appui ;
Les pauvres de son peuple espèreront en lui. »

PROPHÉTIE CONTRE DAMAS.

XVII.

Voilà donc que Damas cesse d'être une ville !
Ses murs ne seront plus que ruine et débris :
Partout est l'abandon ; et du troupeau tranquille
Les villes d'Aroër deviendront les abris.

Les enfants de Jacob n'auront plus de patrie ;
Soudain disparaîtra l'empire de Damas :
La gloire d'Israël le sceptre de Syrie
Auront le même sort , dit le Dieu des combats.

Alors s'obscurcira l'heureuse destinée ,
Et l'embonpoint fleuri dont jouit Ephraïm ;
Comme l'on voit après la moisson terminée
Quelques rares épis aux champs de Raphaïm.

Ou comme des raisins quelques grappes cachées
Que n'ont pu découvrir les yeux du vendangeur ;
Comme au bout d'un rameau les olives perchées,
Tel sera d'Israël le sort , dit le Seigneur.

L'homme alors reviendra de ses pensées frivoles ,
Et vers son Créateur il lèvera les yeux ;
Et sa main détruira les temples des idoles ,
Les lois et les autels de ses prétendus dieux.

De ton Dieu , dans ton cœur, la mémoire est détruite;
De son puissant appui tu n'as plus souvenir :
Quand tu n'auras planté rien que du plant d'élite
Et des grains que de loin on aura fait venir :

Tu ne recueilleras rien que des fruits sauvages ,
En vain tes plants auront fleuri dès le matin ,
Quand viendra la récolte ils n'auront point de gages ,
Et ton cœur se verra consumé de chagrin.

Malheur à la cité dont la foule bruyante
Gronde comme les flots d'une mer en fureur !
Malheur au peuple , enfin , de qui la voix puissante
Comme les grandes eaux porte au loin sa rumeur !

Ils bruiront pareils aux flots que rien n'arrè:e;
Mais Dieu dissipera ce vain bruissement
Comme le tourbillon fuit devant la tempête,
Ou le sable des monts que transporte le vent.

Leur tumulte, le soir, grondait comme l'orage;
Au lever du matin il n'était déjà plus !
De nos spoliateurs tel sera le partage,
Le sort des ennemis qui nous avaient vaincus.

XXIII.

Poussez des cris, navires de la mer,
Il est détruit le lieu de votre asile :
C'est de Céthim qu'on vient vous l'annoncer.
Silence à vous qui demeurez dans l'île !

Passant la mer, les marchands de Sidon
Te remplissaient par leur grande affluence ;
Les fruits du Nil et sa riche moisson
Versaient à Tyr les flots de l'abondance.

Des nations Tyr était l'entrepôt.
Rougis, Sidon ; des mers entends la reine
A qui le sceptre échappera bientôt :
Elle s'écrie en l'excès de sa peine :

C'est donc en vain que j'ai connu des fils,
Que j'ai donné le jour à tant de filles,
De jeunes gens que mon sein a nourris,
Et qui faisaient l'espoir de leurs familles !

En apprenant la ruine de Tyr
L'Egyptien pleurera sa misère :
Passez les mers et faites retentir
L'air de vos cris, malheureux insulaires.

N'est-ce pas là cette fière cité
Qui vantait tant ses antiquités vaines ?
Elle verra son peuple transporté
Souffrir l'exil sur des plages lointaines.

Qui donc a mis ainsi Tyr aux abois,
Cette cité de sa gloire si fière ?
Ses armateurs ressemblaient à des rois,
Et ses marchands aux princes de la terre.

Le Dieu des forts a porté cet arrêt
Pour châtier cette ville orgueilleuse ;
Il a réduit dans un état abject
De ses enfants l'arrogance pompeuse.

De ton pays fier comme le torrent ,
Fille des mers , tu n'as plus de ceinture ;
Car sur les flots le bras de Dieu t'étend ,
Il a jeté l'effroi dans la nature.

De Chanaan il eut l'intention
D'abattre enfin la puissance guerrière ;
Puis il a dit : O fille de Sidon ,
Tu n'auras plus aucun droit d'être fière ?

Dans un instant tu perdras ton honneur.
Lève-toi donc ; dirige ton navire
Devers Cethim. Pour toi plus de bonheur.
Des Chaldéens considère l'empire.

Fondé jadis par les Assyriens ,
Il avait pris de profondes racines :
Il voit captifs ses plus grands citoyens
Et ses maisons ne sont plus que ruines.

Vaisseaux des mers, poussez des hurlements !
Tyr, tu verras sombrer tes destinées
Dans un oubli de soixante-dix ans !
Comme d'un roi l'on compte les années.

Après ce terme, il en sera de Tyr
Comme il en est d'un chant de courtisane.
Prends ton luth, cours quêter un souvenir ;
Que le public admire ton organe.

Après le cours de soixante-dix ans,
Dieu remettra Tyr en état prospère :
Elle sera, comme en ses premiers temps,
Prostituée aux princes de la terre.

Elle acquerra de l'argent et de l'or,
Mais pour en faire un différent usage :
Au lieu d'en faire une bourse, un trésor,
Du Seigneur seul il sera le partage.

Ces biens seront employés aux besoins
Et deviendront désormais la richesse
D'hommes pieux qui consacrent leurs soins
A servir Dieu jusques à leur vieillesse.

XXXII.

Un roi viendra régner dans la justice ;
Dans l'équité les princes agiront :
Comme à l'abri d'un port sûr et propice ,
Contre les vents , les peuples se verront.

Ce roi sera comme un ruisseau limpide ,
Aux jours d'été, dans l'extrême chaleur ;
Ou comme on voit, dans un désert aride,
L'ombre d'un roc couvrir le voyageur.

L'œil verra clair sans que l'éclat le blesse ;
L'ouïe aura les sons distinctement :
Le cœur des fous comprendra la sagesse ;
Le bègue , enfin , parlera couramment.

Le fou n'aura plus le nom d'Excellence ,
Ni le fripon celui de majesté :
Le fou dira toujours l'extravagance ,
Son cœur sera rempli d'iniquité.

Il usera toujours d'hypocrisie
Soit pour tromper Dieu même en ses discours.
Ou tourmenter du malheureux la vie,
Et lui ravir jusqu'au moindre secours.

De l'imposteur les armes sont malignes
Pour attaquer et perdre la candeur ;
Il a recours à des rusés indignes
Quand l'homme droit s'exprime avec rondeur.

Bien différent sera notre monarque
Il n'agira qu'en toute loyauté.
Aussi les Grands de la plus haute marque
Se soumettront à son autorité.

Ecoutez bien , ô femme de parure ;
Filles d'atours, n'oubliez pas ma voix :
Au bout d'un an vous changerez d'allure ,
Vendange et blé manqueront à la fois.

Frémissez donc, ô femmes opulentes ;
De vos atours, filles aux fronts hautains,
Dépouillez-vous ; et, pâles et tremblantes,
De sacs grossiers environnez vos reins.

Pleurez vos fils, vos plaines alibiles
Et vos coteaux chargés de pampres verts ;
Car de mon peuple alors les champs fertiles
Seront d'ivraie et de chardons couverts.

Que deviendront ces maisons de délices
D'une cité si folle de plaisirs ?
Et ces bosquets, témoins de tant de vices ?
Ils s'en iront comme vos vains désirs.

Tous ces palais soudain vont disparaître,
Une nuit sombre y règnera bientôt :
L'ane et le bœuf en paix y viendront paître
Jusqu'au jour où l'Esprit viendra d'en haut.

Et le désert deviendra champ fertile,
Le champ fertile une inculte forêt :
Dans le désert la justice facile,
Comme au Carmel, dictera son arrêt.

La paix sera le fruit de la justice ,
Et le repos , la joie et le bonheur :
De cette paix savourant le délice ,
Mon peuple heureux bénira sa douceur.

Le feu du ciel fondra sur la montagne ,
Un deuil profond couvrira la cité :
Heureux, ô vous, qu'enrichit la campagne
Où les troupeaux errent en sûreté !

XXXIII.

Malheur à toi , partout, qui portes le ravage !
Eh ! ne seras-tu pas , à ton tour, ravagé ?
A ton prochain tu prodigues l'outrage ,
Ne seras-tu donc pas , toi , de même outragé ?

De dévastation quand ta main sera lasse ,
Toi , ne seras-tu pas accablé de débris ?
Après tant de mépris que faisait ton audace ,
Ne te verras-tu pas abreuvé de mépris !

Ayez pitié de nous , Seigneur , notre espérance ,
De qui nous attendons toute protection !
Dès le matin , veillez à notre délivrance
Lorsque viendra sur nous la tribulation.

Les peuples ont été dispersés par votre ange ,
L'éclat de votre gloire a fait fuir les Gentils ,
Et leurs restes seront entassés dans la fange ,
Foulés aux pieds ainsi que des insectes vils.

Dieu fait du haut des cieux éclater sa puissance ;
Il a rempli Sion de droiture et d'honneur :
Les biens du salut sont l'amour et la science ,
Et son plus beau trésor la crainte du Seigneur.

Ceux du dehors seront en proie à mille alertes ,
Les anges de la paix de larmes oppressés :
Les chemins sont détruits , et les routes désertes ,
L'alliance est rompue et les murs renversés.

Il n'a plus nul égard pour les hommes : la terre
Se pâme de terreur : plus d'arbres au Liban ;
Il est méconnaissable , et Saron solitaire ;
Tout est ravage affreux du Carmel à Bazan.

C'est maintenant, dit Dieu, qu'on voit ma main puissante ;
Ma gloire et mon pouvoir éclatent maintenant ;
Vous ne respirerez qu'une flamme brûlante ;
Votre haleine sera comme un feu dévorant.

Les hommes sembleront des cendres d'incendie,
Ou d'arides rameaux dévorés par le feu !
Toi, qui t'en trouves loin, apprends et remédie ;
Toi, qui le vois de près, connais le bras de Dieu.

La terreur, dans Sion, a saisi les rebelles ;
L'épouvante a glacé l'audace des méchants.
Qui de vous soutiendra des flammes éternelles ?
Qui pourra demeurer dans des feux dévorants ?

L'homme vrai, celui qui marche dans la justice
Qui résiste aux présents ; l'homme probe et loyal,
Et que ne séduit point l'appât de l'avarice,
Et qui ferme les yeux pour ne point voir le mal :

Dans un fort élevé sa place est assurée ;
Une eau vive et le pain ne lui manqueront point :
Ses yeux verront du Roi la majesté sacrée,
La terre à ses regards paraîtra comme un point.

Ton cœur sera rempli d'un sentiment de crainte.
Où donc est ce savant ? ce censeur de la loi ?
Ce grand docteur d'enfants ? Sion dans son enceinte
Ne verra désormais aucun sujet d'effroi ;

Ni ce peuple rempli d'une ignoble impudence,
Dont la langue pour toi n'était qu'obscurités,
Pitoyable jargon dépourvu de science.
Vois Sion , ce lieu saint de nos solennités !

Là , de Jérusalem les yeux verront la pompe :
C'est comme un pavillon fixé là pour jamais :
Elle ne craindra pas que sa corde se rompe,
Ni qu'on puisse ébranler la force de ses ais.

Le Seigneur y sera dans sa magnificence ;
Des fleuves abondants en ce lieu se joindront :
C'est une mer sans fond ; c'est un rivage immense,
Ni barques, ni vaisseaux jamais n'y passeront.

C'est là que le Seigneur exerce son empire ;
Il est juge, il est roi, le Salut c'est son nom.
Ses gréments ne pourront manœuvrer ton navire,
Ni son mât ébranlé porter ton pavillon.

Chacun prendra sa part de tes riches épaves,
Et même les boiteux accourront au butin :
Alors à tes dépens tous se montreront braves ;
Et nul d'eux ne sera convaincu de larçin.

XXXIV.

Appprochez, nations, écoutez: que la terre
    Entende, et tous ses habitants !
Que l'univers entier et tout ce qu'il enserre
    Prête l'oreille à mes accents !

Car sur les nations et toutes leurs armées
    De Dieu se répand le courroux :
À de sanglants trépas il les a dévouées,
    Elles ont péri sous ses coups.

Leurs cadavres épars joncheront les campagnes,
    Infectant l'air de puanteur ?
Et les flots de leur sang rougiront les montagnes :
    Tout sera frappé de langueur.

Les milices du ciel pâliront : les cieux mêmes
    Se rouleront comme un cahier ;
Les astres tomberont comme les feuilles blêmes
    Ou de la vigne, ou du figuier.

Car mon épée, au ciel, de sang est affamée.
    De mon courroux juste instrument,
Mon glaive va tomber aussi sur l'Idumée,
    Condamnée à mon jugement.

Le Seigneur a de sang rassasié son glaive
    Du sang des boucs et des agneaux,
De celui des béliers que la graisse soulève,
    Et choisis parmi les plus beaux.

Dans Bosra le Seigneur a fait son sacrifice,
    Et versé le sang d'un Edom :
Avec eux tomberont et licorne et génisse,
    Ainsi que taureaux de renom.

De leur sang généreux s'abreuvera la terre
    Leurs corps engraisseront les champs ;
Car c'est ici de Dieu le jour de la colère,
    Et de venger Sion le temps.

Le soufre, dans Edom, remplacera le sable,
  La poix des eaux prendra le cours ;
La terre n'y sera qu'un bitume inflammable :
  Cet état durera toujours.

Sans relâche ses flancs d'une épaisse fumée
  Vomiront un noir tourbillon ;
Et nul n'y laissera d'autre trace imprimée
  Que l'autour et le hérisson.

Elle sera livrée aux oiseaux de rapine ;
  On y tirera le cordeau :
Enfin pour compléter à jamais sa ruine
  On y passera le niveau.

Ses grands n'y feront plus désormais leur demeure
  En vain y voudrait-on un roi ;
Au lieu d'autorité forte et supérieure
  L'on n'y verra que désarroi.

Dans ses maisons croîtront l'ortie et les épines
  Et les ronces sur ses remparts ;
Et les seuls habitants de ces tristes ruines
  Seront l'autruche et les lézards.

C'est là que les démons, les spectres, les vampires
  Se livreront à leurs ébats.
Les lutins, les sorciers et les velus satyres
  Y viendront tenir leurs sabbats :

Là, que le hérisson a creusé sa tanière
  Et qu'il élève ses petits ;
Des rayons du soleil protègeant leurs paupières,
  Là que les milans font leurs nids.

De lire et réfléchir qu'on se donne la peine,
  Car c'est le livre du Seigneur ;
Ces choses se feront, nulle ne sera vaine,
  Car l'Esprit-Saint en est l'auteur.

C'est lui-même à chacun qui fera le partage
  Avec juste proportion,
Et chacun le devra posséder d'âge en âge,
  Comme son habitation.

XXXV.

Le désert aride et sans voie
Se parera d'un frais tapis ;
La solitude, dans la joie,
Alors fleurira comme un lys
Ivre de joie et d'allégresse,
Du Liban elle aura le don,
Et la gloire et la richesse
Et du Carmel et de Saron.

Du Seigneur vous verrez la gloire
Et la beauté de notre Dieu ;
Formez les mains à la victoire,
Et portez son nom en tout lieu :
Dites aux cœurs en défaillance :
« Courage, il n'est point de danger,
C'est Dieu qui prend votre défense,
C'est lui vient pour vous venger. »

Des sourds s'ouvriront les oreilles,
Et du pauvre aveugle les yeux :
Le muet dira ses merveilles,
Comme un cerf courra le boiteux ;
Parce que des ruisseaux limpides
Serpenteront dans le désert,
Et les solitudes arides
Se pareront d'un gazon vert.

Jadis, par la chaleur brûlée,
La plaine un étang deviendra,
Et la campagne désolée
D'une eau vive se couvrira :
Au lieu de la demeure impure
Des plus immondes animaux,
On verra briller la verdure
Des joncs touffus et des roseaux.

Là s'ouvrira la route étroite
Où l'impur ne marchera pas,
C'est la route sainte : elle est droite
Nul n'y peut égarer ses pas :
Ni le lion, ni la panthère
N'y seront jamais rencontrés ;
Elle ne sera passagère
Qu'à ceux qui seront délivrés.

Mais ceux dont le Seigneur lui-même
Aura fait la rédemption
S'avanceront seuls vers Sion :
Et d'une couronne immortelle
Ils obtiendront l'illustre prix,
Exempts, dans leur joie éternelle,
Et de souffrances et de cris.

ISAIE.

LVII.

Quoi! le juste périt et personne n'y pense !
Les hommes vertueux se sont tous retirés ;
Car ce monde imposteur n'a plus d'intelligence,
C'est pourquoi l'on en voit les justes séparés.

A celui qui toujours marcha dans la justice ,
A lui seul soit la paix, le repos en son lit:
Vous aussi paraissez , fils de la Pythonisse,
Fruits du libertinage et d'un double délit.

Sur qui donc avez-vous lancé vos railleries
Et de votre malice épuisé tous les dards?
Qu'êtes-vous, dites-moi, que des races flétries,
Des réjetons maudits et d'ignobles bâtards ?

Vous tous qui révérez des dieux imaginaires
Sous le feuillage épais des arbres verdoyants ,
Immolant vos enfants sur les rocs sanguinaires
Qui s'élèvent en tas dans le creux des torrents.

C est au fond des torrents, aux dieux de tes caprices,
Que tu vas demander la consolation ,
Et que tu cours offrir tes vœux, tes sacrifices!
Moi, je n'en serais pas plein d'indignation ?

Jusqu'au sommet des monts, sur leurs plus hautes cimes,
N'as-tu pas , infidèle, osé placer ton lit ?
N'as-tu pas en ces lieux immolé tes victimes,
A la face du Ciel étalant ton délit?

Ne voit-on pas placés même au dos de tes portes
Les honteux monuments de ton vil deshonneur ?
Oui, jusque sous mes yeux, sans honte, tu transportes
A d'infâmes amants tes faveurs et ton cœur !

Eh ! n'as-tu pas pour eux fait élargir ta couche?
N'est-ce pas pour eux seuls que, malgré tes serments,
Les plus tendres propos découlent de ta bouche,
Que tu cours au-devant de leurs embrassements?

C'était pour plaire au roi que tu t'étais ornée,
Que tu te parfumais d'agréables senteurs:
Eh bien ! jusqu'aux enfers te voilà prosternée ,
Malgré les lâchetés de tes ambassadeurs.

8*

Dans tous les grands projets ta besogne fut vaine
Pourtant tu n'as pas dit : Demeurons en repos ;
Pendant que ton travail te nourrissait à peine,
Tu n'as pas recherché de secours à tes maux.

De ton langage, enfin, tout farci d'imposture,
Quel fruit te revient-il ? le trouble et la frayeur.
Et comme je semblais ignorer ton injure
Ma crainte a disparu du milieu de ton cœur.

L'oubli de ma bonté ranimant ta malice,
Tu croyais à mes yeux cacher tes attentats,
Mais moi je saurai bien mettre à nu ta justice
Et tes œuvres alors ne te serviront pas.

Crie à tes alliés au jour de ta détresse ;
Qu'ils viennent t'arracher à mon juste courroux :
Qu'ils osent s'opposer à ma main vengeresse,
Et d'un souffle aussitôt je les balairais tous.

Quant à celui qui met en moi sa confiance,
De la terre, en partage, il aura les bienfaits ;
Et, de plus, protégé, fort de mon alliance,
Sur ma montagne sainte il goûtera la paix.

Et je dirai pour toi : — Place , qu'on fasse place ,
Qu'on lève tout obstacle à mon peuple chéri ;
Que la route soit sûre et laisse un libre espace
Au peuple dont j'ai fait mon peuple favori.

Il a dit, le Très-Haut , le Dieu grand et sublime,
Celui dont la demeure est dans l'éternité ,
Le Saint du haut des cieux , qui tire de l'abîme
Le cœur humble et l'esprit de douleur agité :

Non, je ne serai pas à jamais intraitable ,
Et mon courroux aussi doit avoir une fin ;
Car c'est de moi que sort tout être raisonnable ,
Et tout esprit est fait de mon souffle divin.

Si mon peuple est frappé, c'est pour son avarice ;
Je me suis indigné de son oubli profond :
J'ai caché mon visage et lancé ma justice
Pour arrêter le cours de son cœur vagabond.

Le voyant s'égarer dans ses funestes voies ,
Je l'ai pris , et l'ai fait rentrer au droit chemin :
J'ai fait renaître en lui les consolantes joies,
Et dans le cœur de ceux qui pleuraient son destin.

Oui, j'ai produit la paix, ce fruit de ma parole ;
La paix, et pour celui qui s'égarait au loin,
Et celui qui gisait auprès : je les console,
Et de chacun ainsi je guéris le besoin.

Quant aux méchants, pareils à la mer orageuse
Dont les flots agités roulent avec fracas,
Mêlant avec le sable une écume fangeuse,
Pour eux, dit le Seigneur, point de paix ici-bas.

LIX.

Non, la main du Seigneur n'est pas si raccourcie
    Qu'il ne puisse vous rendre heureux :
Son oreille n'est pas tellement endurcie
    Qu'il ne puisse entendre vos vœux.

Mais vos iniquités sont le mur de partage
    Qui s'élève entre vous et lui ;
Et vos péchés seuls font qu'il cache son visage
    Et vous refuse son appui.

Vous dégouttez du sang où votre main se plonge,
    Vos doigts sont teints d'iniquité.
Vos lèvres à toute heure exhalent le mensonge ,
    Votre langue l'impiété.

L'on ne voit plus personne invoquer la justice ,
    Ni rendre un juste jugement:
Tous enfantent le mal qu'a conçu leur caprice ,
    Et n'ont d'espoir que le néant.

De l'araignée ils ont tissu la toile vaine ,
    Ils ont cassé l'œuf de l'aspic;
Est-il mangé, cet œuf donne une mort certaine ,
    Et couvé, c'est un basilic.

Oui , malgré leur travail et leurs toiles fragiles ,
    Ils garderont leur nudité ,
Et les tristes produits de leurs mains inutiles
    Sont des œuvres d'iniquité.

Voyez-les accourir, voler avec audace
    Pour verser le sang innocent:
Tous leurs pas sont marqués d'une sanglante trace
    De mort et de saccagement.

Par leurs desseins pervers emportés hors la voie
De la justice et de la paix,
Ils n'ont pu retrouver les sentiers de la joie ;
Qui les suit ne l'aura jamais.

C'est pourquoi, loin de nous, loin de ces lieux funèbres,
Justice et probité s'enfuit ;
Nous attendions le jour ; et ce sont les ténèbres,
Et l'obscurité de la nuit.

Nous marchons à tâtons, nous palpons dans les ombres,
Comme un aveugle peu hardi ;
Autant y voient les morts dans leurs demeures sombres ;
Nous trébuchons en plein midi.

Nous gémirons ainsi qu'un ramier solitaire.
Comme l'ours, nous hurlerons tous.
Nous attendions en vain un arrêt salutaire,
Le salut s'éloigne de nous.

Devant toi nos péchés se dressent, innombrables,
Eux seuls répondent à nos cris ;
Nous voyons parmi nous nos crimes effroyables
Et nous en connaissons le prix.

Mentir et blasphémer ta grandeur infinie
    Au lieu de marcher après toi ,
Courir après le mal , former la calomnie ,
    De notre cœur tel fut l'emploi.

Aussi les faussetés de notre bouche inique
    Ont au loin proscrit l'équité ;
La droiture n'est plus sur la place publique,
    Où n'entre plus la probité.

La vérité partout, hélas ! est méconnue,
    Celui qui s'amende est honni:
Dieu voit donc, car le mal apparaît à sa vue,
    Que tout jugement est banni.

Furieux en voyant tout ce désordre extrême
    Et que nul ne l'eût contenu ,
Alors par son seul bras il s'est sauvé lui-même ,
    Sa justice l'a soutenu.

De la justice il a revêtu la cuirasse
    Avec le casque du salut,
Et d'un pas, respirant la vengeance et l'audace,
    Il s'est élancé vers son but.

Dans son juste courroux il va réduire en cendre
  Ses méprisables ennemis ;
Qu'ils tremblent à leur tour ! il s'apprête à leur rendre
  Le sort qu'il leur avait promis.

La gloire du Seigneur et son nom redoutable
  Seront respectés en tout lieu,
Lorsqu'il fondra sur eux, comme un fleuve indomptable
  Poussé par le souffle de Dieu ;

Lorsque Sion verra le Rédempteur qu'appelle
  Jacob ainsi que tous ses fils,
Voici, dit le Seigneur, l'alliance nouvelle
  Qu'entre eux et moi je rétablis.

Mon esprit et mon cœur seront votre partage,
  Et le don que je vous en fais,
De vous à vos enfants, passera d'âge en âge,
  Et de bouche en bouche, à jamais.

LX.

Jérusalem, lève ta tête altière
Il est venu le jour de ta lumière :
De Dieu sur toi brille la majesté !
Partout ailleurs ce n'est qu'une nuit sombre,
Tout l'univers est encore dans l'ombre
Pendant que Dieu t'inonde de clarté.

Bientôt les rois et les peuples du monde
Viendront marcher à ta clarté féconde :
De tous côtés lève les yeux et vois
Tout ce concours d'innombrables familles
Qui vient de loin ; ce sont les fils, les filles
Qui vont se rendre en foule autour de toi.

Qu'alors tes yeux planeront avec joie
Sur tant d'enfants que tout climat t'envoie !
Comme ton cœur battra d'émotions,
Quand tu verras la mer, de ses largesses,
Mettre à tes pieds les immenses richesses,
Qu'à toi viendra l'honneur des nations !

Quand tous les rois seront tes tributaires,
Quand les chameaux, les flots de dromadaires
De Madian, d'Epha t'inonderont !
Lorsque viendront les peuples d'Arabie
T'offrir l'encens et l'or de la Nubie,
Et du Seigneur la gloire annonceront !

Que le Cédar de ses fertiles plaines
T'amènera les troupeaux et les laines,
Et Nabajoth ses béliers pleins d'ardeur,
Pour être offerts sur mes autels propices,
Pour tes besoins, en pompeux sacrifices !
Dans ma demeure alors quelles splendeurs !

Qui sont ceux-là dont l'essaim dans l'air file
Comme les vents ou la colombe agile
Quand elle rentre au séjour maternel?
Ce sont tes fils qui, des îles lointaines,
Sur leurs vaisseaux, apportent leurs étrennes
Au Dieu puissant, au Dieu saint d'Israël.

Des étrangers les descendants dociles
Elèveront tes remparts et tes villes,
Leurs rois aussi seront tes serviteurs ;
Si mon courroux t'avait humiliée,
Mon tendre amour t'a reconciliée
En t'élevant au comble des honneurs.

Voilà qu'au lieu de tes places désertes,
Il passera sous tes portes ouvertes
Nuit comme jour, sans cesse renaissants,
D'immenses flots de peuples et de princes
Qui s'en viendront de leurs riches provinces
Pour déposer à tes pieds leurs présents.

S'il est un peuple, un État sacrilége,
Que ton appui ne couvre et ne protége
Ils périront ; ce seront des déserts.
Du haut Liban la gloire si vantée
Enrichira ma maison respectée,
Le buis, le cèdre et tous ses bois divers.

Les fils de ceux qui t'avaient décriée
Viendront à toi, la tête humiliée,
Et baiseront la trace de tes pas,
En te disant d'une voix caressante :
C'est du Seigneur la cité ravissante,
C'est là Sion, la ville aux mille appas.

Comme tu fus en butte à l'infortune,
A l'abandon, à la haine commune,
Que nul enfin à toi n'osait s'unir ;
De mes faveurs embellissant ta vie,
Je vais te faire un sort digne d'envie
A tous les yeux des races à venir.

Les nations se feront tes nourrices,
Les mains des rois t'offriront leurs prémices;
Tu connaîtras que je suis ton Seigneur,
Que de mon bras le salut est l'ouvrage,
Que de Jacob je suis tout le courage,
Que seul, enfin, je suis ton rédempteur.

Je changerai, pour qui voudra me suivre
Le bronze en or, le plus vil bois en cuivre,
La pierre en fer qui deviendra d'argent:
Comme en tes murs, l'ordre aussi me regarde,
La paix sera tes soldats et ta garde,
Et l'équité ton gouverneur constant.

Donc à jamais, bannis de tes domaines
L'oppression, l'injustice, les haines,
L'horrible guerre et ses fléaux impurs;
Seuls désormais d'harmonieux cantiques
Retentiront sous tes joyeux portiques
Et le salut régnera dans tes murs.

Pendant le jour ou la nuit ténébreuse,
Pour t'éclairer d'une clarté douteuse
Tu n'auras plus la lune et le soleil;
Mais le Seigneur, d'une splendeur plus belle,
Des purs rayons de sa gloire éternelle
T'éclairera d'un éclat sans pareil.

La lune, alors durablement assise,
Ne sera plus à ses phases soumise,
Et le soleil n'aura plus de déclin ;
Car en ce jour, Dieu, l'Eternel lui-même
T'inondera de sa clarté suprême
Tes jours de deuil seront passés enfin.

Je comblerai de mes bienfaits augustes,
Tes fils qui sont tous un peuple de justes,
Francs rejetons dont je suis le planteur;
Mille rameaux sortiront de leur tige:
Au jour marqué je ferai ce prodige,
Pour en tirer gloire, dit le Seigneur.

LXI.

Peuples , l'Esprit divin m'envoie
Pour vous annoncer ses bienfaits :
Aux cœurs pacifiques, la joie ;
Aux pauvres affligés , la paix ;
Aux prisonniers leur délivrance :
Du pardon le jour va venir
Avec celui de la vengeance ;
Dieu va consoler et punir.

Triste Sion , quitte la cendre ,
Réjouis-toi , sèche tes pleurs ,
Laisse ton deuil , Dieu va te rendre ,
Avec tes couronnes de fleurs ,
La parure la plus brillante ,
Les parfums les plus exquis ;
De la justice florissante
Tu goûteras les plus doux fruits.

Soudain des ruines antiques
Sortiront de nombreux palais,
Les déserts en places publiques
Seront transformés désormais,
Les solitudes en villages;
Et les enfants des étrangers
Seront, courbés pour tes usages,
Tes vignerons et tes bergers.

Tes fils seront nommés les prêtres
Et les ministres du Seigneur :
Les peuples, vous nommant leurs maîtres,
Vous nourriront de leurs labeurs,
Et vous grandiront de leur gloire;
Touchés de vos rudes combats,
Ils garderont dans leur mémoire
Un souvenir si plein d'appas.

Sachez que j'aime la justice,
Moi qui suis le Dieu souverain,
Et que je hais le sacrifice
De la rapine et du larcin :
La vérité, dans leur conduite,
Eclatera par mon secours :
J'établirai sur eux ensuite
Mon alliance pour toujours.

Chez tous les peuples de la terre
Règnera leur postérité ;
Partout où le soleil éclaire
Volera leur célébrité :
En voyant leur gloire inouïe
On entendra dire en tout lieu :
Voici la race qu'a bénie
La main du Seigneur notre Dieu.

Elle, en ses transports d'allégresse,
Dira : Louange au Tout-Puissant
Dont la magnifique tendresse
M'orne d'un vêtement brillant,
Comme une jeune fiancée,
Couverte de riches bijoux,
Comme la couronne tressée
Au front radieux de l'époux.

Ainsi qu'une terre féconde
Qui fait croître mille produits,
Ou comme en un jardin abonde
Un essaim de fleurs et de fruits ;
Ainsi toujours, pour moi propice,
Dieu me comblera de ses dons
Et fera fleurir ma justice
A la face des nations.

LXII.

Ma bouche à ton sujet, Sion, ne peut se clore ;
Jérusalem, je veux parler en ta faveur,
Jusqu'à ce que ton *Saint* brille comme l'aurore
Et que, comme une lampe, éclate ton sauveur.

Oui, les peuples du monde admireront ce juste
Tous les rois le verront de gloire environné :
Ton nom sera célèbre ; et, de sa bouche auguste,
Un titre tout nouveau te doit être donné.

Alors aussi la main de ton Seigneur lui-même
Viendra te couronner de gloire et de grandeur ;
Et posant sur ton front un royal diadême,
L'Eternel, en ce jour t'ornera de splendeur !

Tu ne t'entendras plus nommer l'Abandonnée,
Ni ton séjour non plus le séjour dévasté :
Objet de mon amour, toi, tu seras nommée
La *volonté de Dieu* ; ton pays, l'*habité.*

Le jeune homme et la vierge habiteront ensemble,
Tes enfants à jamais demeureront chez toi ;
L'épouse avec l'époux qu'un tendre amour rassemble ;
Et ton Dieu sera fier de t'avoir sous sa loi.

Sion, sur tes remparts j'ai mis des sentinelles
Dont la voix, nuit et jour, remplira tous les lieux :
Sans relâche criez aussi, pasteurs fidèles
Jusqu'à ce que mon peuple attire tous les yeux.

Le Seigneur l'a juré par sa main si puissante,
Jamais tes ennemis ne mangeront ton pain,
Juste prix de tes soins, de ta peine constante ;
Les fils des étrangers ne boiront plus ton vin.

Tous ceux qui mangeront tes récoltes insignes
Le feront avec toi, mais en bénissant Dieu :
Et ceux qui transportaient les produits de tes vignes
Les boiront désormais au parvis du saint lieu.

Entrez donc, entrez vite en mes saints tabernacles,
Au peuple préparez le chemin sans retard,
Aplanissez la route, enlevez les obstacles,
Aux yeux des nations arborez l'étendard.

Du Seigneur en tous lieux la voix se fait entendre !
Prévenez, a-t-il dit, la fille de Sion,
Que , pour la couronner, son sauveur va descendre,
Et qu'il porte avec lui la jubilation.

Tes fils seront nommés *la race bien-aimée*,
Le peuple racheté par le bras du Seigneur:
Toi-même , désormais, ne seras plus nommée
La *ville du désert*, mais *la cité* d'honneur.

LXIII.

Quel est-il ce guerrier au rouge vêtement,
Qui , de Bosre ou d'Edom, ainsi vers nous s'avance,
Et qui paraît marcher avec tant de puissance,
En beauté comme en grâce, en parure éclatant?

Qui suis-je , me dis-tu? moi, je viens te l'apprendre ;
C'est moi de l'équité qui dicte les arrêts,
Qui de mes ennemis brise les vains projets,
Et qui , seul contre tous, puis sauver et défendre.

—Pourquoi donc ces couleurs; pourquoi ce rouge enfin
Qu'on remarque partout, comme un sang qui les souille
Sur tous vos vêtements qu'on dirait la dépouille
De ceux qui, dans la cuve, écrasent le raisin?

—J'ai foulé le pressoir, seul, et nul sur la terre
Ne m'a porté secours contre mes ennemis:
Tous, je les ai foulés, broyés dans ma colère;
Mes habits par leur sang en cet état sont mis.

Car il était venu, le jour de ma vengeance!
Ce jour que, pour les miens, ma trop lente fureur
Avait, depuis longtemps arrêté dans mon cœur;
Le jour de mon triomphe et de leur délivrance.

Mon œil autour de moi cherche en vain du secours;
Un complet abandon se trouvait mon partage:
Ne comptant plus alors que sur mon seul courage,
Pour vaincre, mon bras fut mon unique recours.

J'ai foulé sous mes pieds les peuples de la terre;
Sous les coups redoublés de mon ressentiment,
Je les ai vus tomber, abreuvés dans leur sang,
Et j'ai réduit ainsi leur puissance en poussière.

Je me souviendrai donc des bontés du Seigneur,
Et pour tant de bienfaits que sa clémence accorde
Aux enfants d'Israël, dans sa miséricorde,
J'élèverai toujours mes chants en son honneur.

Car c'est d'eux qu'il a dit : Oui, malgré son offense,
Il est pourtant mon peuple, il ne m'oubliera plus ;
Et, dans tous leurs périls, il a pris leur défense,
Par l'ange de sa face il les a secourus.

De plus en plus rempli d'une indulgence extrème,
Jaloux de leur montrer des prodiges d'amour,
Il les a pris sur lui, les a sauvés lui-même,
Et les a fait monter plus haut de jour en jour.

Eux, cependant, ils ont provoqué la colère,
Et contristé l'esprit de son saint ; et, dès lors,
A leur égard aussi, changeant de caractère,
Il a tourné contre eux ses terribles efforts.

Et ce peuple égaré rentrant dans sa pensée,
Et reportant ses yeux vers les temps plus anciens,
Sur tout ce que Dieu fit pour Moïse et les siens,
Il a dit en pleurant sur sa gloire éclipsée :

Où donc est-il, Celui qui tira de la mer
Son peuple et les pasteurs chargés de le conduire?
Et qui, pour écarter ce qui leur pouvait nuire,
Leur donna de son Saint l'esprit pour les garder?

Qui, prenant par la main son prophète fidèle,
Le sauva par le bras de son pouvoir divin ?
Et qui, pour s'attirer une gloire éternelle,
Même à travers les flots leur ouvrit un chemin ?

Qui les fit traverser ces humides montagnes,
Comme un coursier franchit la plaine sans broncher?
—C'est votre esprit, Seigneur, qui les a fait marcher
Comme un noble animal au milieu des campagnes !

Vous, dont l'éternité gardera la mémoire
D'avoir ainsi sauvé le peuple d'Israël;
Du céleste séjour, du haut de votre gloire,
Jetez aussi sur nous un regard paternel !

Hélas! qu'est devenu cet admirable zèle,
Ces immenses faveurs dont vous daigniez combler
Un peuple dont vous même aviez pris la tutelle ?
Tous ces bienfaits sur nous ont cessé de couler!

Ah! vous êtes, Seigneur, notre sauveur et père,
Votre saint nom est seul notre espoir immortel;
Car aux yeux d'Abraham, comme à ceux d'Israël
Nous ne paraissions plus qu'une race adultère!

Hélas! pourquoi, Seigneur, avez-vous donc permis
Que nous ayons erré loin de votre loi sainte,
Que nos cœurs endurcis aient perdu votre crainte?
Grâce!!! au nom des tribus, au nom de vos amis!

Le peuple saint, courbé sous un joug sanguinaire,
Devant ses ennemis est comme un vil néant :
Ils sont allés plus loin, et d'un pied insolent,
Ils ont souillé le seuil de votre sanctuaire !

Nous voilà devenus comme aux jours d'autrefois,
Et tels que nous étions pendant ce premier âge,
Alors que n'étant pas encor votre partage,
Nous n'avions ni reçu votre nom, ni vos lois !

CHANT DU RORATE

Tiré d'Isaïe

PRIÈRE POUR L'AVENT.

Pour nous donner votre rosée,
Cieux, abaissez votre hauteur;
Et que du sein de la nuée
Sur nous descende le Sauveur!

Enfin, Seigneur, suspendez vos vengeances,
Et désormais oubliez nos offenses!
Voyez l'état de la triste Sion,
De votre Saint la ville dépeuplée,
Jérusalem déserte et désolée!
Voyez aussi l'humiliation
De votre temple, où sont venus nos pères
A votre nom adresser leurs prières!

Pour nous donner votre rosée,
Cieux, abaissez votre hauteur,
Et que du sein de la nuée
Sur nous descende le Sauveur!

De vous, Seigneur, nos péchés sont connus ;
Comme un lépreux nous sommes devenus !
Tombés, ainsi qu'une feuille d'automne,
Nous sommes tous emportés par les vents,
Au souffle impur de nos égarements.
Mais vous, Seigneur, assis sur votre trône,
Pour nos délits plein d'un juste dédain,
Vous nous avez brisés de votre main !

> Pour nous donner votre rosée,
> Cieux, abaissez votre hauteur ;
> Et que du sein de la nuée
> Sur nous descende le Sauveur !

Vous qui voyez, Seigneur, notre misère,
Envoyez-nous Celui qu'attend la terre !
Envoyez-le, du rocher du désert,
Jusqu'à Sion, dans sa douleur profonde,
Ce doux agneau, dominateur du monde !
Celui qui doit lui-même, à découvert,
Briser le joug qui pèse sur nos têtes,
Et nous venger de toutes nos défaites !

> Pour nous donner votre rosée,
> Cieux, abaissez votre hauteur ;
> Et que du sein de la nuée
> Sur nous descende le Sauveur !

Cesse, mon peuple, oh! cesse de gémir,
Dans un instant ton Sauveur va venir!
Pourquoi ces cris de douleur et de plainte,
Et ce chagrin sans cesse renaissant?
C'est moi qui suis ton Dieu, le Tout-Puissant;
Et je saurai te sauver, sois sans crainte;
Car à jamais, moi, je suis ton Seigneur,
Et d'Israël le Saint, ton rédempteur.

Pour nous donner votre rosée,
Cieux, abaissez votre hauteur;
Et que du sein de la nuée
Sur nous descende le Sauveur.

LAMENTATIONS DE JÉRÉMIE

Poème élégiaque.

Réduite en un triste veuvage,
Jérusalem dans l'esclavage
Avait vu traîner ses enfants,
Quand le prophète Jérémie,
De Sion pleurant l'infamie ;
S'assit sur des débris fumants,
Et, le cœur navré de tristesse,
Parmi la douleur qui l'oppresse,
Il laisse échapper ces accents.

I.

Comment Jérusalem, naguère si bruyante,
S'est-elle changée en désert ?
La reine des cités, maintenant suppliante,
Sous l'étranger languit et sert !

Son front est sillonné des pleurs intarissables
    Qu'elle a versés toute la nuit;
Loin de la consoler dans ses maux effroyables,
    En les voyant chacun s'enfuit.

Ceux qui la courtisaient aux jours de sa puissance,
    Hélas ! l'accablent de mépris !
Et ceux qui la flattaient au sein de l'opulence
    Applaudissent à ses débris.

La fille de Juda, d'opprobres saturée
    N'a pu résister à ses maux :
Chez des peuples lointains elle s'est retirée,
    Mais là n'était pas le repos !

Tous ses persécuteurs, sur elle, en sa détresse,
    Ont fait peser l'oppression :
Au lieu de pèlerins, le deuil et la tristesse
    Couvrent les routes de Sion !

Jérusalem a vu ses portes renversées,
    Et tous ses prêtres dans les pleurs,
Et ses filles, d'effroi tremblantes, dispersées !
    Son cœur saigne de tant d'horreurs.

Ses immenses trésors sont devenus la proie
    De ses ennemis triomphants :
Sur elle, du Seigneur la fureur se déploie,
    Pour punir ses égarements.

Jusqu'aux tendres enfants s'en vont en esclavage,
    Devant un maître redouté ;
La vierge de Sion n'a plus sur son visage
    La moindre trace de beauté.

Comme un faible troupeau manquant de nourriture
    Ses princes sont dans la langueur ;
Ils se sont éloignés, sans force et sans armure,
    A la voix de leur conducteur.

Alors que ses enfants, moissonnés sans défense
    Tombaient sous le fer ennemi,
Pensant à la grandeur de sa trop longue offense,
    Jérusalem en a gémi.

Elle s'est rappelé, du sein de ses misères,
    Son antique félicité :
Ses ennemis, témoins de ses humbles prières,
    Insultaient à sa piété.

Jérusalem, enfin, est devenue errante;
De ses péchés voilà le prix !
Et tous ses vils flatteurs, la voyant gémissante,
En font l'objet de leurs mépris.

Elle-même, à l'aspect de son ignominie,
Gémit et détourne les yeux ;
Quoique par ses excès sa robe fût ternie,
Elle oublia son sort affreux.

Au jour fatal de sa chute effroyable,
Elle n'a point trouvé d'amis :
Voyez, Seigneur, voyez mon malheur déplorable,
Et l'orgueil de mes ennemis !

II.

Sur ses richesses les plus chères
Nos avides vainqueurs ont étendu leurs mains
Car à des cultes adultères,
Elle avait employé vos tabernacles saints.

En proie à la faim la plus dure,
Tout son peuple a cédé ses plus beaux ornements
Pour une vile nourriture :
Seigneur, voyez l'excès de ses abaissements !

Vous tous qui passez par la voie,
Voyez s'il fut douleur pareille à ma douleur !
Le bras du Seigneur qui me broie,
A moissonné mes fils au jour de sa fureur !

Prenant sa foudre meurtrière,
Il m'a lancé du ciel ses terribles leçons;
Il m'a fait tomber en arrière
Et rendue un objet de misère et d'affronts.

O joug pesant de mes folies !
Le Seigneur, de sa main m'en a fait un bandeau !
Mes forces se sont affaiblies,
Je ne pourrai porter le poids de mon fardeau !

Le Seigneur, des coups de sa foudre,
A frappé dans mon sein mes plus braves vengeurs ;
Le temps, pour les réduire en poudre,
Accourut à sa voix contre mes défenseurs !

Lui-même a rempli le calice
Où s'abreuve à longs traits la fille de Sion !
Tremblante devant sa justice,
J'ai les yeux gros de pleurs, le cœur d'affliction.

Le soutien de mon existence
Ne verse plus sur moi ses trésors bienfaisants!
Aussi, déchus de leur puissance,
Sous les coups ennemis sont tombés mes enfants.

En vain levant ses mains tremblantes,
Sion, dans son effroi, cherche quelque secours,
Hélas, ses clameurs suppliantes,
Se perdent dans les airs comme de vains discours!

Le Seigneur contre ses murailles
A rassemblé soudain de farouches soldats
Dont les insensibles entrailles
Ont de Jérusalem méprisé les appas.

Dieu n'est que juste en sa colère;
Et j'ai par mes forfaits provoqué sa rigueur!
Voyez, ô peuples de la terre,
Voyez et contemplez ma profonde douleur!

Jouets d'une troupe insolente,
J'ai vu traîner captifs mes filles et mes fils!
Eux-mêmes, trompant mon attente,
Mes perfides amis furent sourds à mes cris.

J'ai vu, guettant leur nourriture,
Afin de prolonger leurs misérables jours,
J'ai vu, cédant à la nature
Mes prêtres, mes vieillards tomber morts sans secours!

Voyez le mal qui me consume;
Mes entrailles, Seigneur, s'en soulèvent en moi!
Mon cœur regorge d'amertume,
Et tous mes sens enfin en frissonnent d'effroi!

De la mort tout montre l'image:
C'est le glaive au dehors, au dedans c'est la faim!
Et cependant à mon veuvage
Mes perfides amis n'ont pas tendu la main.

Seigneur, en voyant mes misères,
Mes ennemis hautains se sont ri de mes maux!
Mais, quand pour moi des jours prospères
Luiront enfin, sur eux fondront tous mes fléaux.

Ah! voyez toutes leurs malices,
Et déchargez sur eux les mêmes châtiments
Qu'ont attirés sur moi mes vices:
Mon cœur, hélas! succombe à ses gémissements.

III.

Ah! comment d'un crêpe funèbre
Le Seigneur a-t-il çeint la fille de Sion?
Et comment sa grandeur célèbre
A-t-elle été changée en tant d'affliction?

Comment de son trône, par terre,
A-t-il précipité la gloire d'Israël?
Quoi donc! au jour de sa colère,
Aurait-il oublié son temple et son autel?

O Seigneur, ta main implacable
A brisé de Juda la gloire et la splendeur!
Jacob, étendu sur le sable,
A vu crouler ses murs au bruit de ta fureur!

Dans les transports de ta vengeance
Tu brisas tout à coup la force d'Israël!
Ton bras nous livrant sans défense
A lâché contre nous un ennemi cruel.

Ta bouche a soufflé l'incendie
Dans le sein de Jacob, comme un feu dévorant:
Contre lui ta flèche brandie
S'élança de ton arc et l'a percé tremblant.

Tu détruisis, dans ta colère,
Tout ce qu'avait de beau la ville de Sion,
Ta main sur sa tête adultère
A versé comme un feu ton indignation.

Comme un ennemi sans entrailles,
Le Seigneur l'a froissée avec tous ses appas;
Il a renversé nos murailles;
Détruit nos tours, semé le deuil et le trépas!

Il a brisé ses tabernacles;
Il a, comme un jardin, labouré nos palais!
L'arche sainte n'a plus d'oracles
Et nos solennités vont cesser désormais.

Adieu les sabbats et les fêtes!
Il a chargé d'affronts les prêtres et le roi,
Il a fait fondre sur leurs têtes
Les flots de sa fureur, la douleur et l'effroi!

Il a maudit son sanctuaire,
Il a, dans son dédain, rejeté ses autels,
Il a livré, dans sa colère,
Sa maison et nos tours à des monstres cruels.

Le Seigneur, sans miséricorde
Est venu renverser les remparts de Sion;
Contre elle il a tendu la corde,
Sa main en a hâté la démolition.

Nos forteresses avancées,
Ainsi que nos remparts sont couchés tristement;
Et de nos portes enfoncées
Les débris sont livrés au brasier consumant.

Captifs chez des peuples impies
Sion a vu traîner ses princes et son roi :
Elle a perdu ses prophéties,
Et ses solennités, et son temple, et sa loi.

Assis dans un morne silence,
Les vieillards de Sion pleurent sur ses débris,
Et, revêtant la pénitence,
Ses filles tristement baissent leurs fronts flétris.

IV.

A force de pleurer mes yeux se sont éteints,
Mon cœur est tout brisé de ces scènes tragiques
Quand je vois nos enfants, déplorables humains,
Tomber morts sans secours sur nos places publiques.

9

Epuisés, sur la rue, avec des cris aigus
Ils demandent du pain à leurs mères souffrantes,
Et, comme s'ils étaient par un trait abattus,
Meurent entre leurs mains d'effroi toutes tremblantes.

A qui te comparer? comment te consoler?
O fille de Sion! les flots de l'amertume
Sont répandus sur toi comme une vaste mer,
Eh! qui pourrait guérir le mal qui te consume?

Au lieu de t'exciter à l'humble repentir,
Tes prophètes menteurs, par leurs supercheries
Ont bercé ton esprit d'un heureux avenir;
Et tu croyais, hélas! leurs folles rêveries.

C'est pourquoi les passants ont ri de ton malheur,
O fille de Sion! et, sifflant ta misère,
Ils ont dit, satisfaits : Voilà donc la splendeur
De celle qu'on disait l'ornement de la terre.

Sifflant, grinçant des dents, ô fille de Juda,
Et t'inondant du fiel de leurs bouches impures,
Tes ennemis ont dit : « Allons, dévorons-la,
Il est venu le jour de venger nos injures. »

Comme depuis longtemps sa voix t'en avertit,
Le Seigneur, à la fin, a rempli sa promesse :
De tes fiers ennemis le bras t'anéantit,
Témoins de tes revers ils triomphent d'ivresse.

Mais ton cœur, du Seigneur implorant le secours,
A, du haut de nos murs, adressé sa prière !
Que jamais de tes pleurs ne tarisse le cours,
Ne donne aucun relâche à ta triste paupière.

Durant toutes les nuits implore le Seigneur,
Et répands comme l'eau ton cœur en sa présence ;
Lève tes mains vers lui, désarme sa fureur,
Sur ces pauvres enfants tombés de défaillance !

Dis-lui : « Voyez, Seigneur, quel horrible séjour !
Ah ! voyez des enfants qui ne font que de naître
Dévorés par le sein qui leur donna le jour,
L'autel fumant du sang du prophète et du prêtre !

L'enfant et le vieillard, sur la terre étendus !
Mes filles et mes fils, en même destinée,
Sous votre fer vengeur ensemble confondus
Exhalant sans pitié leur vie infortunée.

Vous avez fait venir un immense concours
Comme aux jours solennels de mes fêtes publiques!
Ils ont de mon enceinte entouré les contours,
Mais non plus comme aux jours de mes grandeurs antiques.

Ils ont tous dans mon sein répandu la terreur,
Qui n'a pu les soustraire aux coups de la vengeance,
Dans ce jour malheureux où vint votre fureur
Dévorer les enfants nourris de ma substance!

V.

Moi, sous la verge du Seigneur,
Je vois ma profonde misère :
En des ténèbres sans lueur
Je fus conduit par sa colère.

Sans me donner aucun repos,
Sa main sur moi toujours penchée,
Meurtrit ma chair, brise mes os !
Ma peau s'en est toute séchée.

Captif entre de sombres murs,
Nourri de fiel et d'amertume,
Je suis en des cachots obscurs
Comme un cadavre qu'on inhume !

Et, de peur que je n'eusse fui,
Il m'a barré d'énormes pierres;
En vain j'implorais son appui,
Il était sourd à mes prières.

Lui-même, en hâtant les apprêts,
Il observait mon esclavage
Ainsi qu'un lion aux aguets
Ou comme un ours à mon passage.

Sans nul espoir à mon malheur,
Coulant ma vie infortunée,
Je suis en proie à la douleur
Comme une veuve abandonnée.

Son arc m'a réduit aux abois;
A tous ses traits je fus en butte,
Et les filles de son carquois
Ont été cause de ma chute.

Tout le jour, mon peuple cruel,
Riant de mon âme brisée,
M'abreuvait d'absinthe et de fiel,
Comme un vil objet de risée.

Lorsque j'ai la cendre pour pain,
Je n'ai plus de dent qui la broie :
La paix a fui loin de mon sein
Avec tout souvenir de joie.

J'ai dit : C'en est fait de mes jours
Ainsi que de ma confiance ;
Mais, ô mon Dieu, votre secours
Me fait renaître à l'espérance.

J'ai crié du sein de mes maux !
Songez, Seigneur, à ma misère,
A mes affronts, à mes travaux,
Songez à ma douleur amère.

Pour moi, ce triste souvenir,
Vivra toujours dans ma mémoire,
Mais ce sera pour vous bénir,
Et rendre hommage à votre gloire.

Car, hélas ! si je vis encor,
Ah ! c'est grâce à votre clémence,
C'est grâce au précieux trésor
De votre immortelle indulgence !

J'ai reconnu, dès le matin,
Que vous êtes un Dieu fidèle :
C'est vous mon principe et ma fin
Et le bien que mon âme appelle.

VI.

Heureux celui qui dès l'enfance,
A porté le joug du Seigneur!
Il s'assiéra dans le silence,
Et la paix sera dans son cœur.

Le front couché dans la poussière,
Il fléchira votre courroux ;
Chargé d'affronts, sous l'étrivière,
Il s'offre de lui-même aux coups.

Mais le Seigneur dans sa vengeance
Ne nous frappera pas toujours ;
A la fin, sa longue clémence
De nos pleurs tarira le cours.

Non, il n'a pas perdu la race
De ses fidèles serviteurs,
S'il leur fait sentir sa disgràce,
Il n'épuise pas ses rigueurs.

Voudrait-il consommer la perte
Du peuple qu'il avait élu ?
En rendant sa terre déserte,
L'en a-t-il à jamais exclu ?

Non, non ; il rend à tous justice
Devant la face du Très-Haut ;
Jamais d'un injuste supplice
Il n'a su punir un défaut.

Et qui dira que rien n'arrive
Contre les ordres du Seigneur ?
Que de sa bouche ne dérive
La peine ainsi que le bonheur ?

Sondons nos actions méchantes
Et retournons à l'Eternel ;
Qu'avec nos cœurs nos mains tremblantes
Implorent le secours du Ciel.

Seigneur, par l'excès de nos crimes
Nous avons provoqué vos coups :
C'est pourquoi nous sommes victimes
De votre inflexible courroux.

Nous dérobant votre visage ,
Seigneur, vous nous avez percés ;
Vous l'avez couvert d'un nuage ,
Et tous nos vœux sont repoussés.

Comme une plante sans racine ,
Je suis sur un sol étranger ;
Mes ennemis dans ma ruine ,
D'affronts aiment à me charger.

Seigneur, vos divines menaces
Furent comme un piége pour moi ,
Comme une source de disgrâces ,
De terreur, de trouble et d'effroi.

Voyant les maux de ma patrie ,
Mes yeux sont inondés de pleurs ;
Mon âme en est toute flétrie
Et mon cœur est gros de douleurs.

Oui, je tombe de défaillance ,
Quand je ne vois aucun repos
Jusqu'à ce que votre clémence
Porte remède à tant de maux.

Comme un oiseau, de proie avide,
Qui va se prendre en des lacets,
Mes ennemis, race perfide,
M'ont fait tomber dans leurs filets.

Je suis devenu leur conquête,
Un abîme couvre mon sort :
Les eaux ont inondé ma tête,
J'ai dit: C'en est fait, je suis mort.

Vers vous, Seigneur, dans ma détresse,
J'ai poussé mes gémissements ;
Soudain votre oreille s'empresse
D'exaucer mes plaintifs accents.

Tournant vers moi votre visage
Vous m'avez dit: Ne craignez rien,
Jugez vous-même mon outrage,
O vous mon unique soutien.

Témoin de leur coupable offense
Et de tous leurs noirs attentats,
Prenez vous-même ma défense
Et m'arrachez d'entre leurs bras.

Voyez les profondes blessures
Dont ils m'ont couvert, ô Seigneur;
Voyez les infâmes injures
Que lance sur moi leur fureur.

Voyez toutes leurs injustices,
Leurs insultes et leurs complots;
Triste jouet de leurs malices,
Je suis en butte à leurs propos.

Voyez les projets qu'ils méditent
Dans les maisons, dans les chemins,
Et rendez-leur ce qu'ils méritent,
Selon les œuvres de leurs mains.

Plaçant le poids de la misère,
Comme un bouclier, sur leur cœur,
Sous les flots de votre colère,
Anéantissez-les, Seigneur.

VII.

Comment l'or pur, de sa couleur première
A-t-il perdu l'éclat étincelant?
Du sanctuaire, enfin, comment la pierre
S'attache-t-elle, éparse, au sol sanglant;

Fils de Sion, votre riche parure
Brillait jadis d'or et de diamants ;
Et vous voilà comme une argile impure
Entre les mains de grossiers artisans !

Jusqu'aux requins tendres pour leur familles,
A leurs petits tendent leur sein ouvert ;
Mais de mon peuple elle est dure, la fille,
Comme à ses œufs l'autruche du désert.

Du faible enfant la langue desséchée
A son palais s'attache de besoins ;
Du pain, dit-il, d'une voix empêchée ;
Mais nul, hélas ! ne lui donne des soins.

Ceux qui vivaient au milieu des délices
Sont aujourd'hui gisants sur les pavés !
Ils vont fouillant d'infectes immondices
Ceux qui mangeaint sur la poupre élevés !

Par ses péchés l'emportant sur Sodôme,
Mon peuple aussi l'emporte par ses maux :
Puisque, soudain, sans le bras d'aucun homme,
Elle périt exempte de travaux.

Plus éclatants que la blancheur nitrique,
Plus purs que lait, plus beaux que le rubis.
Et plus vermeils que n'est l'ivoire antique
Nos saints profès apparaissaient jadis.

Mais aujourd'hui leurs fronts méconnaissables
Sont plus noircis que des charbons éteints;
Durcis, ridés, leurs membres sont semblables
A des troncs secs, plutôt qu'à des humains.

Heureux celui qui périt sous l'épée!
Il fut soustrait à de plus longs tourments:
Il n'a pas vu de flots de sang trempée,
La terre ingrate, et des spectres vivants:

Il n'a pas vu l'être le plus sensible,
O crime affreux! faire bouillir ses fils
Au jour fatal de notre chute horrible,
Pour se nourrir de ces mets inouïs!

Il n'a pas vu le Ciel dans sa colère
Lancer les traits de ses ressentiments,
Le feu vengeur dévorer notre terre,
Et de Sion les tristes fondements.

10

Jamais les rois et les peuples du monde
Auraient-ils cru, qu'objet de tant d'égards
Sion verrait dans sa douleur profonde,
Ses ennemis renverser ses remparts?

O vous, cruels, vous, prophètes et prêtres,
De vos forfaits enfin voilà le prix !..
Parmi le sang, on les voyait, ces traîtres,
Tout en marchant rehausser leurs habits !

On les voyait, ces lâches hypocrites,
Du plus pur sang ensanglanter vos murs!
Et c'est pourquoi tous les Israëlites
Leur ont crié: « Retirez-vous, impurs: »

Ne portez pas sur nous vos mains cruelles,
Allez, fuyez, ne nous approchez pas !
Des nations, entendant ces querelles,
Ont dit: « Pour eux Dieu n'arme plus son bras. »

Ce Dieu, témoin de leurs débats sinistres,
A pour jamais détourné ses regards ;
Parce qu'ils ont insulté ses ministres
Et méprisé la voix de leurs vieillards.

Lorsque sur nous venait fondre l'orage,
Tournant les yeux vers un peuple étranger
Nous attendions l'appui d'un vain courage
Qui ne pouvait nous tirer du danger.

Nos pas, glissant dans la route fangeuse,
N'ont point trouvé d'appui ni de secours ;
Nous avons vu notre fin malheureuse
Et contemplé le terme de nos jours.

Car les soldats qui couvraient nos campagnes,
Impétueux comme le roi des airs,
Nous ont suivis au sommet des montagnes,
Et capturés jusque dans les déserts.

Lui-même aussi, le roi, notre amour même,
Gémit en proie aux tribulations ;
Nous lui disions : « Sous votre ombre suprême
Nous régnerons parmi les nations. »

Réjouis-toi, tressaille d'allégresse,
Fille d'Edom, héritière de Hus!!!
Mais tu boiras la coupe vengeresse,
A tous les yeux tes membres seront nus !

Un jour enfin tu reverras la terre
Qui te vit naître, ô fille de Sion ;
Et le Seigneur réserve sa colère
Pour les péchés de la fille d'Edom.

VIII.

Rappelez-vous, Seigneur, ma profonde misère ;
 Voyez et contemplez mes maux !
Mon champ nourrit les fils de la femme étrangère
 Mon toit a des maîtres nouveaux.

Nos pères ne sont plus ; nos mères en veuvage,
 Seules, nous prodiguent leurs soins :
Ce n'est qu'au poids de l'or, dans ce dur esclavage,
 Qu'on peut pourvoir à ses besoins.

L'on nous traîne, accablés de nos chaînes pesantes ;
 Sans nous laisser aucun repos ;
Et nous importunons de nos voix suppliantes
 Nos impitoyables bourreaux.

Nos pères ont péché ; ils ne sont plus : leurs crimes
 Sur nous arment le bras vengeur !
De nos propres sujets nous voilà les victimes
 Sans trouver un libérateur.

Dans le désert, bravant la faim, jouant nos vies,
    Nous allons demander du pain ;
Et notre peau ressemble à des briques noircies
    Par les ravages de la faim.

Les femmes sur Sion ont rencontré l'outrage,
    Et les vierges dans nos remparts ;
Nos princes ont péri ! sans respect pour leur âge,
    Ils ont insulté les vieillards !

Le jeune homme est en proie à leurs fureurs lubriques,
    L'enfant est meurtri sous les fers !
Les vieillards ont partout déserté les portiques,
    Et les jeunes gens les concerts.

Adieu tous les plaisirs, adieu les cris de fête !
    Le plaisir en deuil s'est changé ;
Nos festons sont soudain tombés de notre tête !
    Malheur ! car Dieu fut outragé !

C'est pourquoi notre cœur est tout rempli de plainte
    Et nos yeux de pleurs sont flétris,
Depuis que sur Sion, les renards sans contrainte,
    Se promènent dans les débris !

Il ne peut rien, Seigneur, le nombre des années
    Contre votre règne éternel :
Ah! sans tarder, sur nous et sur nos destinées
    Jetez un regard paternel !

Oh! rendez-nous, Seigneur, notre antique innocence,
    Et convertissez-nous à vous !
Sous le poids de vos coups, loin de votre présence,
    Jusques à quand languirons-nous?

juillet 1831.

LA SAGESSE.

I.

Chérissez la justice, ô juges de la terre !
Que tous vos sentiments soient dignes du Seigneur,
Et marchez au flambeau de sa pure lumière,
Dans la simplicité calme de votre cœur.

Car c'est aux cœurs soumis que Dieu se communique,
Ses dons les plus parfaits leur seront dispensés,
Mais il s'éloigne aussi de tout esprit inique
Et l'austère vertu confond les insensés.

Dans un cœur malveillant n'entre point la sagesse,
Comme un corps de péché lui déplaît pour séjour :
Car l'Esprit-Saint proscrit la feinte et la finesse,
Et de l'iniquité s'éloigne sans retour.

L'esprit de la sagesse est d'une humeur bénigne ;
Par lui le médisant expiera sa noirceur ;
Car il entend l'écho de sa bouche maligne,
Et de ses noirs desseins sonde la profondeur :

Car l'esprit du Seigneur remplit la terre entière ;
De tout ce qui s'y dit il a l'entendement,
Et, jusqu'au fond des cœurs il porte la lumière :
Nul ne peut éviter son perçant jugement.

De l'impie au grand jour il mettra les pensées ;
De ses moindres discours il percevra les sons
Et, dans le compte exact de ses fautes passées,
Il vengera sur lui toutes ses trahisons.

A son ouïr jaloux n'échappe aucune injure
Des mots les plus secrets suivant tout le concours :
Étouffez donc en vous l'inutile murmure
Et que la médisance expire en vos discours.

Gardez-vous avec soin de tout ce qui diffame,
De votre bouche en vain pas un seul mot ne sort,
Et la langue qui ment donne la mort à l'âme ;
Par votre faute donc ne cherchez pas la mort.

Fuyez-la, car la mort de Dieu n'est point l'ouvrage ;
Il ne désire pas la perte des vivants ;
Au but du Créateur ce serait faire outrage ;
Dieu fit pour subsister les êtres différents.

Il fit pour les sauver tous les peuples du monde,
Il ne mit point en eux un principe mortel :
La terre ne dut pas être un enfer immonde ;
La justice a son cours toujours stable, éternel.

Mais ce sont les méchants qui, par faits et paroles,
Ont appelé la mort pour assouvir leurs vœux,
Et qui, pour cette amante enflammés d'amours folles,
Ont cherché dans ses bras des baisers dignes d'eux.

II.

« Bien tristes sont les jours de notre courte vie,
« Ont-ils dit, dans le fond de leurs esprits pervers,
« Et l'homme après la mort n'a rien qui l'édifie ;
« L'on n'en voit point qui soit revenu des enfers.

« Fils du néant, bientôt le néant nous réclame :
« Notre souffle n'est rien qu'une simple vapeur,
« Et notre entendement qu'une subtile flamme
« Qui divise le sang et fait battre le cœur.

« Elle éteinte, le corps se réduit en poussière,
« Et l'esprit s'évapore ainsi qu'un air léger :
« Telle s'écoulera notre vie éphémère,
« Comme un nuage au ciel, en son vol passager.

« Ou bien comme un brouillard, condensé par l'aurore,
« Qui résiste un instant aux rayons du soleil,
« Se dissout par degrés, puis enfin s'évapore;
« De notre vie, hélas ! le destin est pareil.

« Rien de nous ne survit : jusqu'à notre mémoire
« Disparaît dans la nuit d'un éternel oubli :
« A peine verra-t-on indiqué par l'histoire
« Un mot de tout ce que nous aurons accompli.

« Le temps que nous vivons n'est qu'une ombre qui passe
« Sitôt qu'ils sont fermés à la clarté du jour,
« Sur nos yeux il s'imprime un sceau que rien n'efface:
« C'en est fait pour jamais; il n'est plus de retour.

« Hâtons-nous de jouir du temps de la jeunesse :
« Venez, à nos plaisirs livrons-nous sans façon,
« Des vins les plus exquis buvons jusqu'à l'ivresse,
« Ne laissons point passer la fleur de la saison.

« Que la rose nous pare avant d'être flétrie ;
« Que les plus doux parfums nous prêtent leurs appas :
« Allons; qu'il ne soit pas une seule prairie
« Qui n'ait été témoin de nos joyeux ébats.

« Amis, tous à l'envi courons dans cette voie ;
« Soyons pour les plaisirs d'un unanime accord ;
« Laissons sous tous nos pas les traces de la joie
« C'est là notre partage et c'est là notre sort.

« Opprimons hardiment le juste en sa détresse ;
« N'épargnons pas la veuve et le faible orphelin ;
« Et, que les cheveux blancs de l'extrême vieillesse
« Deviennent le jouet de notre esprit malin.

« Foulons aux pieds la loi : pour règle de justice
« Ne prenons désormais que notre seul pouvoir :
« Eh ! qu'importe après tout, que le faible languisse !
« Quel intérêt pour nous son sort peut-il avoir ?

« Donc, courons sus au juste ; il nous est inutile :
« Il est de nos écarts un importun censeur.
« Sa conduite à la loi toujours simple et docile
« Est un sanglant affront qu'il fait à notre honneur.

« Prétend-il pas de Dieu posséder la science ?
« Il va même jusqu'à se nommer fils de Dieu :
« Il n'est pas jusqu'au for de notre conscience
« De nous incriminer qui ne lui donne lieu.

« Aussi son seul aspect nous est insupportable :
« Prenant ainsi de vivre un genre tout à lui,
« Et, ne voulant en rien être aux autres semblable,
« Il semble se poser en modèle d'autrui.

« Il ne voit en nous tous qu'une frivole engeance ;
« Notre vie à ses yeux est un tissu d'horreur :
« Du juste, après la mort, il vante l'espérance,
« Et d'être fils de Dieu, lui, se fait un honneur.

« Voyons si ses discours ne sont pas un mensonge ;
« Éprouvons-le pour voir quel sera son destin ;
« Si ses prétentions ne sont pas un vain songe ;
« Et nous saurons alors quelle sera sa fin.

« Car, s'il est en effet le fils de Dieu lui-même,
« Dieu le protégera contre ses ennemis ;
« Livrons à sa douceur une épreuve suprême
« Et par là nous verrons s'il est vraiment soumis.

« Faisons-lui donc subir la mort la plus infâme,
« Ne lui ménageons pas l'outrage et les tourments
« Nous saurons s'il en est ainsi qu'il le proclame,
« Et de son Dieu pour lui quels sont les sentiments. »

C'est ainsi qu'aveuglés par leur propre malice,
Ils se sont égarés dans leurs pervers desseins ;
Ils ont méconnu Dieu, sa voix et sa justice,
Et la gloire qu'au ciel il réserve à ses saints.

Le Dieu qui nous créa nous fit à son image,
Étrangers aux douleurs, comme exempts de la mort :
C'est au démon jaloux qu'on a dû son ouvrage,
Et ses imitateurs sont dignes de son sort.

III.

Mais les âmes des saints sont dans la main divine,
Le tourment de la mort ne les touchera pas :
Comme le complément d'une entière ruine
Aux yeux des insensés a paru leur trépas ;

C'est ainsi que le monde a jugé leur sortie,
Mais ils goûtent en paix, eux, la félicité :
Si la peine ici-bas, ils l'ont parfois sentie,
Leur espoir est rempli par l'immortalité.

Leurs tribulations ont été peu de chose ;
Si Dieu les éprouva par la peine et l'ennui
D'un bonheur infini ce fut pour eux la cause,
Puisqu'il les a trouvés enfin dignes de lui.

Éprouvés comme l'or, et plus purs que l'ivoire,
Ils recevront un jour le prix de leurs travaux :
Les justes brilleront dans l'éternelle gloire
Comme un feu dévorant qui court dans des roseaux.

Ils seront établis les juges de la terre,
Ils verront tout soumis à leur autorité ;
Et, pour jamais unis au Dieu qui fut leur père,
Règneront avec lui pendant l'éternité.

Heureux ceux qui dans lui mettent leur confiance !
De mystères pour eux il n'existera plus ;
Ils en auront en Dieu la pleine intelligence,
Et la gloire et la paix qu'il donne à ses élus.

Mais aussi les méchants de leurs noires pensées
Recevront le salaire en toute sa rigueur,
Eux qui, courant après des erreurs insensées,
Ont accablé le juste, et quitté le Seigneur.

Oh ! malheureux celui qui bannit la sagesse,
Et qui fuit ses leçons ! tout espoir est détruit :
En vain s'épuisent-ils et s'agitent sans cesse,
Le travail de leurs mains demeurera sans fruits.

Des femmes sans vertu, des enfants détestables
Deviendront l'instrument de leur punition,
En versant l'amertume à leurs jours déplorables :
Pour eux tout est frappé de malédiction.

Heureuse mille fois est la femme stérile,
Mais qui n'a pas fait tache à l'honneur de son lit !
Comme elle fut toujours à la vertu docile,
Dieu lui garde le prix qu'à ses saints il promit.

Heureux aussi l'eunuque, exempt d'irrévérence,
Qui n'a pas contre Dieu formé des projets vains !
Fidèle, un don choisi sera sa récompense,
Un rang très-distingué dans les temples divins.

De la sagesse, enfin, la racine est vivace,
Et des justes travaux le fruit est glorieux :
Mais bientôt, après lui sans laisser nulle trace,
Du crime périra le produit odieux.

Quand même ils fourniraient un longue carrière,
De tous, comme être vils, ils seront réprouvés ;
Et, depuis leur berceau jusqu'à l'heure dernière,
De respects et d'honneurs ils se verront privés.

Mourant plutôt, pour eux pas la moindre espérance !
Ils n'auront ni secours, ni marque d'intérêt
Au moment désolant de leur reconnaissance ;
Car sur la race impure il pèse un triste arrêt.

IV.

Mais, pour la race pure, ô ! combien elle est belle !
Quand la vertu surtout ajoute à sa splendeur !
Aux hommes comme à Dieu sa mémoire immortelle
Devient le juste objet du plus sublime honneur.

On l'imite présente ; absente, on la désire :
Après avoir vaincu dans ses chastes combats,
Le triomphe l'attend dans l'éternel empire :
La couronne de gloire ornera ses appas.

Mais quel que soit leur nombre, il n'est que des ruines
Pour les fils des méchants : d'adultères drageons
Ne pousseront jamais de puissantes racines,
Et n'établiront point des fondements profonds.

S'ils viennent à pousser quelques rameaux fragiles,
Ils tomberont brisés par la fureur des vents :
Ils ne produiront pas, ou leurs fruits inutiles
N'auront aucun usage, étant surs et piquants.

Les enfants nés du crime et du libertinage
Donnent sur leurs parents cours aux mauvais propos:
Mais, serait-il frappé par la mort avant l'âge,
Le juste goûtera la douceur du repos.

Car, ce qui fait surtout l'honneur de la vieillesse,
Ce n'est pas les longs jours ni le nombre des ans;
Mais la vertu sans tache unie à la sagesse
Inspire le respect mieux que les cheveux blancs.

Il fut de Dieu l'amour en cherchant à lui plaire,
Et Dieu l'a retiré du milieu des pécheurs,
De crainte que, séduit d'un bien imaginaire,
Son esprit n'adoptât de funestes erreurs.

Car de l'illusion la menteuse apparence
Sur nos yeux, trop souvent, jette un voile fatal;
Et les trompeurs attraits de la concupiscence
Aveuglent un esprit même éloigné du mal.

Les peuples qui l'ont vu n'ont pas pu le comprendre:
(Leurs esprits sont fermés à de si hauts desseins)
Que Dieu sur ses élus se complaît à répandre
Grâce et miséricorde, et veille sur ses saints.

Par sa mort, des méchants il condamne la vie,
Ce juste ainsi surpris au milieu de son cours ;
Et sa courte jeunesse, en un instant ravie,
De leur vie inutile accuse les longs jours.

C'est ainsi qu'en voyant la fin de l'homme sage
Ils ne comprendront pas les desseins de bonté
Par lesquels le Seigneur, à son grand avantage ;
L'aura tiré du monde et mis en sûreté.

Ils verront, et n'auront pour lui que des risées ;
Mais d'eux aussi, bientôt, se rira le Seigneur,
Alors qu'entre les morts leurs âmes méprisées
Dans l'éternelle nuit tomberont sans honneur.

Ils tomberont enfin devant ses représailles,
Muets et consternés : son bras les brisera,
Et portera le glaive au fond de leurs entrailles !
Plus que pleurs et tourments ! ! ! et leur nom périra.

L'horrible souvenir de toutes leurs malices
Les poursuivra sans fin comme un sceptre hideux ;
De leurs iniquités les voix accusatrices,
Implacables témoins, se leveront contre eux.

V.

C'est alors que, du haut de leur majesté sainte,
Les justes confondront tous leurs persécuteurs
Qui , se faisant un jeu de braver toute crainte
Leur ravirent jadis les fruits de leurs labeurs.

Quelle horrible frayeur pour eux à cette vue !
De trouble et de remords quels transports étonnants !
Quand ils seront témoins de la gloire imprévue
Dont seront couronnés les justes triomphants.

C'est alors qu'ils diront , pleins de haine et de rage ,
Dans le fond de leurs cœurs par la douleur brisés :
« Les voilà ceux à qui nous prodiguions l'outrage ,
Voilà ceux qu'autrefois nous avons méprisés.

O fous que nous étions ! c'était une sottise
Que leur vie, à nos yeux : un affront que leur mort.
Au rang des fils de Dieu voilà leur place acquise
Et parmi les élus est assuré leur sort.

C'est donc nous qui , conduits par l'aveugle malice ,
Nous sommes égarés loin de la vérité !
Pour nous n'a point brillé l'éclat de la justice
Le soleil des esprits n'a point eu de clarté.

Nous nous sommes lassés à courir sans relâche
Dans les routes du vice où, pour notre malheur,
Usant tous nos efforts à cette rude tâche
Nous avons ignoré le sentier du Seigneur.

A quoi nous a servi notre orgueil insipide,
Cet argent et cet or, dont nous étions si fiers?
Tout s'est évanoui comme une ombre rapide
Ou comme le galop d'impétueux coursiers ;

Ou bien comme un vaisseau dont le léger sillage
A labouré le sein du liquide élément;
A peine a-t-il passé que, sur la vaste plage,
L'on chercherait après sa trace vainement.

Tel encore l'oiseau ne laissant dans l'espace
Que le bruit de son aile agitant l'air léger,
Et disparaît aux yeux sans que la moindre trace
Indique le contact de son vol passager.

Ou telle on voit encore une flèche lancée
Qui, traversant les airs, siffle et vole à son but ;
Mais l'œil ne l'a pas vue, elle est déjà passée
Sans que rien dans les airs de sa trace parût.

A peine nés, ainsi nous avons cessé d'être
Sans que, dans notre vie, un signe de vertus,
Quelque léger qu'il fût, ôsât jamais paraître ;
Mais sous le poids du mal nous fumes abattus. »

Des pécheurs dans l'enfer tel sera le langage,
Tout leur espoir, un souffle a pu le renverser ;
C'est l'écume des mers qu'un vent pousse au rivage,
Un souvenir enfin qui n'a fait que passer.

Mais des justes combien l'immortelle espérance
Trouvera dans le ciel un meilleur réconfort ;
Alors que le Seigneur, sera leur récompense
Que le Très-Haut lui-même aura soin de leur sort !

Couronnés de sa main, pour prix de leur victoire,
Ils brilleront, le front d'un diadème ceint,
Et, les déclarant rois d'un royaume de gloire
Il étendra sur eux l'appui de son bras saint.

Dans son zèle, soudain saisissant son armure,
Il vengera les droits de ses enfants soumis
Et faisant un appel à toute la nature,
Il les délivrera de tous leurs ennemis.

Qui pourrait résister aux traits de sa menace ?
Il prendra l'équité comme son bouclier,
La justice sera sa puissante cuirasse ,
Le jugement certain son casque et son cimier.

Aiguisant sa colère ainsi qu'un fer de lance
Il percera leurs seins d'épouvante oppressés ;
Et l'univers entier, secondant sa vengeance,
Unira ses efforts contre les insensés.

Sur eux tomberont drus les éclats de la foudre
Comme les traits d'un arc avec force tendu ;
Lancés du haut des airs pour les réduire en poudre
Ils atteindront le but qu'il aura prétendu.

Son ardente fureur justement excitée
Fera pleuvoir sur eux des grêlons de cailloux ;
La mer les couvrira de sa vague agitée ;
Sur eux déborderont les fleuves en courroux.

Il soufflera contre eux un vent épouvantable
Qui comme un tourbillon balaira les méchants ;
Le sol, pour leurs forfaits, sera réduit en sable ;
Par eux s'écroulera le trône des puissants.

VI.

La sagesse vaut mieux que force et que puissance,
Aussi l'homme prudent est préférable au fort.
Écoutez donc, ô rois, ayez l'intelligence,
Et vous, qui des humains prononcez sur le sort :

Prêtez l'oreille, ô chefs de peuples innombrables,
Et qui semblez si fiers de vos nombreux sujets,
A Dieu de tout cela vous êtes redevables ;
Vous lui rendrez, un jour, compte de vos projets.

Il avait fait de vous ses ministres augustes ;
A mille iniquités vous avez donné lieu,
Faussant les lois, rendant des jugements injustes,
N'agissant pas selon la volonté de Dieu.

Bientôt vous soutiendrez sa terrible présence,
Et sévère pour vous sera son jugement :
A l'égard des petits il use d'indulgence,
Mais les puissants seront tourmentés puissamment.

Nul n'aura devant lui, ni rang ni privilége ;
Petits et grands, objets de ses soins infinis,
Comme il les créa tous, de même il les protége ;
Mais les plus grands seront plus grandement punis.

C'est donc à vous, ô rois, que mes discours s'adressent ;
Apprenez la sagesse, et craignez d'en déchoir :
Ceux qui, pour la justice, avec zèle s'empressent
Useront justement d'un auguste pouvoir.

Ceux qui les garderont auront de quoi répondre ;
Goûtez donc mes discours en toute affection,
Aimez-les : rien alors ne pourra vous confondre ,
Et vous y trouverez une ample instruction.

La sagesse , en effet , est pleine de lumière,
Et sa bonté n'est point sujette au changement;
A celui qui la cherche, elle vient la première ;
Et quand on la désire on la trouve aisément.

Ceux que, dès le matin , un saint désir transporte
De s'en aller chercher ce trésor précieux,
Ils ne courront pas loin ; sur le seuil de leur porte,
Ils la verront assise, et veillant auprès d'eux.

Ainsi donc , s'occuper de trouver la sagesse,
C'est un signe certain d'un sens droit et parfait;
Celui, pour l'acquérir, qui veillera sans cesse
Bientôt d'un doux repos goûtera le bienfait.

Elle cherche partout, allant à leur rencontre,
Pour diriger leurs pas, les cœurs droits et sensés;
Et, les ayant trouvés, sa bonté ne leur montre
Qu'un visage joyeux et des soins empressés.

Or, voici donc comment la sagesse procède :
D'abord c'est un désir d'entendre enfin sa voix,
Ensuite à ce désir un vif amour succède;
Le fruit de cet amour est d'observer ses lois :

La pratique des lois perfectionne l'homme,
Et la perfection nous rapproche du ciel :
De la sagesse ainsi le vif désir, en somme,
Nous conduit par degrés au royaume éternel.

O rois, si du pouvoir la grandeur vous est chère,
Ayez pour la sagesse un amour mérité :
Vous tous, qui commandez, chérissez sa lumière;
Par là vous règnerez toute une éternité.

Qu'est-ce que la sagesse et sa haute origine
Nous l'allons voir : aidés du céleste flambeau,
Sondant la profondeur de l'essence divine,
Nous allons remonter jusques à son berceau.

10°

Oui, sans en rien cacher, je la ferai paraître,
Et je ne serai point semblable à l'envieux
Lequel n'aura jamais la sagesse pour maître ;
Je veux la dévoiler tout entière à vos yeux.

Des sages le grand nombre est le salut du monde,
Un roi sage et prudent du peuple est le soutien ;
Faites de mes discours une étude profonde,
Il en résultera pour vous le plus grand bien.

VII.

Je ne suis qu'un mortel aux autres tout semblable,
Et descendant comme eux de ce premier humain
Que Dieu forma jadis d'un limon méprisable ;
Une mère comme eux m'a formé dans son sein,

Jusqu'au dixième mois ma fragile existence
Se nourrit, en secret, d'un sang coagulé
Et d'un germe fécond qui me donna naissance,
Au milieu d'un sommeil par le plaisir troublé.

Après être sorti hors du sein de ma mère,
De l'air commun à tous, comme eux je me nourris.
La terre où je tombai c'était la même terre ;
Ma voix comme la leur s'annonça par des cris.

Dans les soins les plus grands s'écoula mon bas âge :
Car il n'est point de roi qui naquit autrement ;
Des autres ils n'ont point un différent partage ;
Naître et mourir, pour tous se fait également.

De la sagesse alors j'ai connu l'excellence :
J'ai prié, son esprit m'a donné son appui ;
J'ai vu qu'il valait mieux que toute autre puissance,
Que l'éclat des grandeurs n'est rien auprès de lui.

Je l'ai mise au-dessus des vaines pierreries ;
Car en comparaison d'elle, l'or le plus pur
Est comme un vil amas d'inutiles scories
Et l'argent le plus fin comme un limon impur.

Ainsi donc en mon cœur sa place est la première ;
Et, lui sacrifiant santé comme beauté,
J'ai résolu toujours de l'avoir pour lumière,
Parce qu'à tout jamais brillera sa clarté.

Tous les biens, par ses mains, me sont venus en presse ;
De ces prospérités la joie emplit mon cœur,
Parce que devant moi marchait cette sagesse ;
Mais je ne savais pas qu'elle en était l'auteur.

Sans nul déguisement comme je l'ai choisie,
Dans l'intérêt d'autrui, j'enseigne ses leçons
Sans aucun sentiment de basse jalousie,
Ni sans vouloir cacher les trésors de ses dons.

Infinis sont les dons qu'aux hommes elle accorde ;
Quand on les a, de Dieu l'on devient les amis,
Et, comblés des trésors de sa miséricorde,
Dans un profond savoir ils seront affermis.

Tous ces sages avis, qu'ici je vous adresse
Comme de mes pensers la sublime hauteur,
Je ne les dois qu'à Dieu qui guide la sagesse
Et des sages se fait l'éclairé précepteur.

Nous sommes dans la main de sa toute-puissance,
Nous, nos esprits, nos voix, nos actes différents :
C'est à lui que je dois l'exacte connaissance
Du monde, et des vertus des divers éléments ;

Lui, qui m'a dévoilé les phases successives
De la marche du temps et du cours des saisons ;
Leurs retours commençants, médians ou déclives,
Et des astres divers les dispositions ;

L'instinct des animaux, le naturel des bêtes,
La puissance des vents, des hommes les pensers,
Et les variétés, et les vertus secrètes,
Et les genres certains des végétaux divers.

Des plus profonds secrets j'ai reçu la science,
Instruit par la sagesse en qui tout fut créé ;
Elle a pour habitant l'esprit d'intelligence,
Saint, subtil, disert, unique, varié ;

Prompt, doux, aimant le bien, sans tache, irrésistible,
Ami des hommes, bon, stable, actif, tout-puissant,
Calme, pur, voyant tout, pénétrant, infaillible,
Renfermant tout esprit, sans crainte, bienfaisant.

Plus prompte que l'éclair, la sagesse illumine,
Et partout elle atteint, fruit de sa pureté ;
Elle est une vapeur de la vertu divine
Et comme un pur reflet de sa sainte clarté.

Aussi rien de souillé ne se rencontre en elle,
C'est le miroir sans tache où Dieu de sa splendeur
Fait briller à nos yeux la lumière éternelle,
Et montre sa bonté non moins que sa grandeur.

Unique, elle peut tout; supérieure aux atteintes,
Elle reproduit tout; elle accourt, en tout lieu,
Parmi les nations, au cœur des âmes saintes,
Et forme le prophète et les amis de Dieu.

Dieu n'aime que celui que la sagesse habite ;
Son éclat est plus vif que celui du soleil :
Les astres sous ses pieds roulent dans leur orbite :
Et dans tout l'univers il n'est rien de pareil.

Devant l'éclat du jour même elle est la première,
Car il est remplacé par les ombres du soir ;
Mais quant à la sagesse, immortelle lumière,
La malice ne peut éclipser son pouvoir.

VIII.

Avec force elle atteint de l'un à l'autre pôle,
Elle dispose tout avec suavité
Dès l'enfance j'aimai, je cherchai sa parole,
Je lui donnai mon cœur, séduit par sa beauté.

Elle montre l'honneur de sa noble origine,
Qu'elle est l'hôte de Dieu; qu'à ses yeux souverains
Elle est chère, apprenant aux hommes sa doctrine,
Et leur montrant le prix des œuvres de ses mains.

Que si de cette vie on cherche la richesse,
De plus riche est-il rien que celle qui fit tout ?
L'esprit travaille-t-il ? qui mieux que la sagesse
A qui tout est connu, peut en venir à bout ?

Aime-t-on la justice ? Elle en a la science :
Par elle, on est instruit de la sobriété,
De la justice, avec la force et la prudence :
Pour les hommes est-il plus grande utilité?

Est-ce un vaste savoir qu'on désire ? Elle-même
Plus que tout autre encor pourra vous le fournir ;
Le plus subtil discours, le plus profond problème
Lui sont connus à fond, ainsi que l'avenir.

J'ai donc voulu l'avoir pour hôte de ma vie,
Sachant que de ses biens j'aurais provision
Et qu'en tous mes ennuis, comme une tendre amie,
Elle m'apporterait la consolation.

Des peuples je serai la gloire et les délices
Et j'aurai, jeune encor, le respect des vieillards :
Je saurai pénétrer les plus fins artifices,
Pour moi les plus puissants n'auront que des égards.

Si je parle, ils seront dans un profond silence,
Et, quand j'aurai cessé, tous me regarderont;
Si je poursuis le cours de ma vive éloquence
De leurs mains aussitôt ils couvriront leur front :

Célèbres à jamais, mon nom et ma mémoire
Par elle passeront à la postérité :
Et je gouvernerai les peuples avec gloire,
Je les verrai soumis à mon autorité.

Les rois les plus puissants, qui font trembler la terre,
Pâliront de terreur au seul bruit de mon nom;
Car je me montrerai terrible dans la guerre
Autant que, dans la paix, je me montrerai bon.

Dans ma maison j'aurai le repos avec elle,
Sa conversation étant pleine d'attraits;
Et toujours étrangère à la peine cruelle
Elle répand la joie et comble nos souhaits.

Voici ce qu'en mon cœur je me disais moi-même :
Puisqu'avec la sagesse est l'immortalité,
Que dans son amitié gît le plaisir suprême,
Dans l'œuvre de ses mains la pure honnêteté;

Que tous ses entretiens étaient pleins de prudence,
Et que la gloire enfin brillait dans ses discours ;
J'allai de tous côtés rechercher sa présence
Pour pouvoir en tout temps jouir de ses secours.

Or, j'étais un enfant d'un heureux caractère,
J'avais reçu du Ciel un bon et noble cœur ;
Du bien, de plus en plus, poursuivant la carrière,
Je conservai mon corps dans toute sa pudeur.

Et comme je savais, pourtant, qu'en ma faiblesse,
Je ne pouvais, sans Dieu, demeurer continent,
(Et c'était là déjà l'effet de la sagesse
Que de savoir de qui nous vient un tel présent.)

Déjà donc, éclairé de sa douce lumière,
Aussitôt j'implorai le secours du Seigneur,
Et j'élevai vers lui mon ardente prière,
En lui disant enfin du fond de tout mon cœur.

IX.

« Dieu de miséricorde, ô Dieu de mes ancêtres
O toi qui, d'un seul mot, fais la création,
Dont la sagesse a mis l'homme au-dessus des êtres
Pour exercer sur eux sa domination :

Afin qu'il gouvernât le monde avec franchise
Que la seule équité dictât ses jugements :
Donne-moi la sagesse, à tes côtés assise,
Et ne m'efface pas du rang de tes enfants.

Je suis ton serviteur, le fils de ta servante;
Un homme pauvre, faible, hélas! et qui ne dois
Que vivre peu de temps! dont l'âme est peu puissante
Pour porter des arrêts et connaître les lois.

Chez les fils des mortels, si grande que paraisse
La réputation de leur capacité,
S'ils n'ont pas avec eux l'aide de ta sagesse,
Ce ne sera jamais que pure nullité.

Parmi les fils nombreux de tant d'autres familles
De ton peuple, Seigneur, tu m'as choisi pour roi,
Tu m'as donné pour juge à tes fils et tes filles,
Et leur faire observer les règles de ta loi.

Tu m'as dit de bâtir, sur la montagne sainte,
Ton temple et ton autel, merveilleux monument
Du tabernacle saint, qui retraçât l'empreinte
Que toi-même en donnas dès le commencement.

Avec toi, ta sagesse est celle qui m'éclaire;
Elle était avec toi quand tu fis l'univers;
Elle sait distinguer tout ce qui peut te plaire;
Elle connaît à fond tes préceptes divers.

Que, descendant du haut de la céleste voûte,
Ou trône ta grandeur, elle vienne dans moi
Afin de m'éclairer, et me montrer la route
Par où je dois marcher pour arriver à toi.

De tout ce qui peut être ayant l'intelligence
Elle m'accordera la pénétration ;
Si je suis soutenu par sa toute-puissance,
Dans mes œuvres j'aurai la circonspection.

Et mes œuvres alors ne pourront te déplaire,
Je conduirai ton peuple avec toute équité,
Je serai digne enfin du trône de mon père,
Imitant ses vertus avec sa piété.

Car qui pourrait de Dieu pénétrer les pensées?
Et quel mortel pourrait connaître ses desseins,
Avec des volontés timides, insensées,
Quand nos faibles esprits sont toujours incertains?

Quand notre corps de boue appesantit notre âme ,
Quand sa vile enveloppe abâtardit l'esprit ,
Et dans des soins sans nombre éteint toute sa flamme ;
Quand à peine l'œil voit ce qui nous circonscrit ;

Quand l'on cherche souvent un objet que l'on presse,
Comment pourrions-nous voir ce qui se passe aux cieux;
Si nous ne l'apprenons, Seigneur, de ta sagesse ,
Et si ton esprit saint ne le montre à nos yeux ?

Ainsi marcheront droit ceux qui sont sur la terre ,
Et les hommes , Seigneur, auront ton agrément,
Car la sagesse seule a guéri la misère
De tous ceux qui t'ont plu dès le commencement.

X.

C'est elle qui sauva le père de ce monde
Lorsqu'il fut sorti seul des mains de l'Éternel ,
Et qui, le relevant de sa chute profonde.
Remit entre ses mains le sceptre universel.

Quand d'elle s'éloigna l'injuste en sa colère ,
Par la main de son frère , un frère est aux abois;
Et lorsque le déluge eut inondé la terre,
Elle sauve le juste en un fragile bois.

Lorsque les nations , outrageant la nature ,
Courent en foule au vice , elle sait au trépas
Soustraire un juste encor pur de toute souillure :
Par elle contre un fils, un père arma son bras.

C'est elle qui protège un juste dans sa fuite ,
Après l'avoir soustrait à ces feux dévorants
Par qui la Pentapole est tout à coup détruite,
Fait dont les monuments sont encore existants;

Un sol toujours couvert de cendre et de fumée,
Des arbres dont les fruits ne mûrissent jamais ,
Une personne en sel , qu'on y voit transformée,
De l'incrédulité portant encor les traits.

Ainsi , ceux qui n'ont pas écouté la sagesse ,
Non-seulement n'ont pu jusqu'au bien parvenir ;
Mais ils n'ont rencontré que folie et tristesse,
Sans pouvoir en cacher même le souvenir.

La sagesse aidera celui qui la révère ,
Et saura le sauver dans les jours du malheur :
Témoin cet autre juste encore, qui d'un frère
Évita , par ses soins , l'implacable fureur.

11

Elle veilla sur lui pour protéger sa fuite,
Du royaume de Dieu lui dévoila l'accès,
Et lui fit de ses saints connaître la conduite ;
A ses travaux bénis donnant tout leur succès.

Elle qui, lui versant les flots de l'opulence,
Confondit les projets qu'on formait contre lui ;
Contre ses ennemis elle prit sa défense,
Contre les séducteurs elle fut son appui.

Elle qui, lui prêtant sa force et son adresse,
Dans un rude combat, le rendit triomphant,
Et lui montrant ainsi qu'auprès de la sagesse,
Il n'est point de pouvoir qui ne soit impuissant.

Elle n'oublia pas le juste qu'on vit vendre,
Mais le sauva des mains de ses frères pervers ;
Avec lui dans la fosse elle daigna descendre ;
Elle n'oublia pas ce juste dans les fers.

Elle lui mit en main le sceptre qui domine,
Soumit ses ennemis à son autorité,
Confondit les menteurs qui voulaient sa ruine,
Et couronna son nom de l'immortalité.

Par elle un peuple juste, une race soumise ;
Fut délivré des mains de ses cruels tyrans ;
Par son secours enfin, son serviteur Moïse,
De prodiges armé, vainquit des rois puissants.

Elle a rendu pour lors aux justes leur salaire,
Miraculeusement elle les a conduits ,
Étant pour eux, le jour, comme un toit tutélaire,
Eclairant de ses feux l'obscurité des nuits.

A travers la Mer Rouge elle a tracé leur route ,
Et les a fait passer en divisant les eaux ;
Mais sur leurs ennemis rompant l'humide voûte ,
Elle les engloutit dans l'abîme des flots.

Par elle ainsi sauvés, dans de pieux cantiques
Ils ont loué, Seigneur, vos secours triomphants ;
La sagesse aux muets a donné des répliques
Ainsi que l'éloquence aux langues des enfants.

XI.

Elle les a conduits par la main d'un saint guide
Et les a fait marcher par des lieux inconnus,
A fixé leur séjour dans un désert aride
Et chassé devant eux leurs ennemis vaincus.

Consumés par la soif, dans une humble prière
Ils se sont adressés à votre bras puissant,
Un remède à leur soif est sorti de la pierre,
Du sein d'un dur rocher il jaillit un torrent.

Même où leurs ennemis tombaient de défaillance,
Torturés par la soif, les enfants d'Israël,
Eux, se réjouissaient au sein de l'abondance,
Et ce fut là pour eux un grand bienfait du Ciel.

Car, pour boisson au lieu d'une eau limpide et pure
Vous avez aux méchants donné du sang humain;
Pour les justes privés de leur progéniture
Vous avez fait couler une eau vive soudain.

Vous leur avez fait voir, par cette soif brûlante,
Que vous savez à temps secourir vos amis,
Comme aussi sous les coups de votre main puissante
Vous savez accabler leurs lâches ennemis.

C'est ainsi que punis, mais avec indulgence,
Ils comprirent combien les coups sont différents
De la miséricorde et ceux de la vengeance,
En comparant leur sort à celui des méchants.

Les uns , vous les avez châtiés comme un père ,
Et les autres avec une extrême rigueur ,
Ainsi qu'un roi qui fait rendre un compte sévère;
Eux absents ou présents , c'était même douleur.

Ce qui faisait surtout l'objet de leurs alarmes
En remontant le cours de leur triste passé ,
C'est un double sujet d'amertume et de larmes ,
Qui remplissait leur cœur de sanglots oppressé.

Voyant ce qui faisait l'objet de leur détresse
Devenir tout à coup pour d'autres un bienfait ,
Ils ont , en rougissant de leur propre faiblesse ,
Connu le doigt de Dieu , dans ce qui se passait.

Celui qu'ils accablaient de leurs mépris injustes
Comme un enfant sauvé de l'exposition ,
En voyant maintenant ce qu'il fait pour les justes ,
Voilà qu'ils sont pour lui pleins d'admiration.

Pour punir de leurs cœurs les excès déplorables
Par lesquels ils osaient , dans leur aveuglement ,
Adorer comme dieux des bêtes méprisables ,
Rendre un culte insensé jusqu'au muet serpent.

De muets animaux, donc une multitude,
Est le fléau, contre eux, que vous avez lâché,
Pour leur faire sentir et leur ingratitude,
Et que l'on est puni pour où l'on a péché.

Il eût été facile à votre main puissante,
Qui créa l'univers, de déchaîner contre eux
Une foule nombreuse, avide et frémissante
De redoutables ours et de lions affreux ;

Des monstres inconnus, à la gueule enflammée,
Dont les naseaux brûlants eussent rempli les airs
De feux et de longs flots d'une épaisse fumée,
Dont l'œil étincelant eût lancé des éclairs,

Et dont, même à défaut de leur gueule farouche,
Le seul aspect les eût fait périr de frayeur ;
Il suffisait enfin, d'un mot de votre bouche,
Du poids de leurs remords, d'un seul souffle vengeur.

Mais non ; ce n'est qu'avec nombre, poids et mesure
Que vous avez réglé toute chose ici-bas ;
A vous seul appartient la puissance qui dure :
Qui pourrait résister aux coups de votre bras ?

Qu'est l'univers, Seigneur, devant votre présence?
Et de cet univers tous les êtres enfin ?
C'est l'atôme qui fait s'incliner la balance,
La goutte de rosée échappée au matin.

Si vous avez pour eux de la miséricorde ,
C'est, de votre pouvoir que tout doit ressortir ;
Le délai qu'aux pécheurs votre indulgence accorde
N'est que pour leur donner le temps du repentir.

Vous avez de l'amour pour toute créature ;
Pour nul être existant vous n'avez de l'aigreur,
Car lorsque vous avez ordonné la nature ,
La haine n'était point présente à votre cœur.

Qui pourrait malgré vous conserver l'existence ?
Qui pourrait subsister sans vos commandements?
Mais vous avez pour tous une grande indulgence
Parce qu'ils sont à vous, Seigneur, Dieu des vivants.

XII.

De votre esprit, Seigneur, ô ! quelle est la tendresse?
Contre les délinquants vous suspendez vos coups,
Vous les avertissez , et votre voix les presse,
Pour que, quittant le mal, ils reviennent à vous.

Les anciens habitants de votre terre sainte
Qui vous avaient enfin tant d'horreur inspiré,
Se livrant contre vous à l'outrage, sans crainte,
Par des enchantements, par un culte abhorré ;

Entassant sans pitié d'horribles funérailles,
Ils étaient les bourreaux de leurs propres enfants ;
Des hommes ils mangeaient la chair et les entrailles,
Buvaient leur sang, malgré vos saints commandements.

De ces pauvres enfants dont ils étaient les pères
Comme ils étaient aussi les bourreaux odieux,
Vous avez, pour les perdre, armé les mains guerrières
De votre peuple élu, de nos anciens aïeux.

Afin que cette terre, entre toutes chérie,
Au peuple élu de Dieu réservât ses sillons;
Vous leur avez pourtant ménagé la furie
Leur envoyant d'abord le fléau des frêlons :

Non pas que vous fussiez impuissant à soumettre
Aux bons, par les combats, la race des méchants;
A les exterminer en leur parlant en maître
Ou déchaînant contre eux des monstres dévorants.

Mais en leur ménageant par degrés la vengeance
Vous leur laissiez par là le temps du repentir
Quoique vous sussiez bien que cette aveugle engeance
De l'endurcissement ne pourrait pas sortir.

C'était dès le principe une race maudite ;
Si vous lui pardonniez c'était spontanément :
Qui vous dira : « Pourquoi cette action subite : »
Et qui peut appeler de votre jugement ?

Pour sauver les méchants , s'il vous plaît les réduire ,
Qui se présentera comme leur défenseur ?
Et qui vous blâmera si vous voulez détruire
Des peuples dont vous seul êtes le créateur ?

Il n'est point d'autre Dieu qui veille sur le monde
Et puisse toujours rendre un infaillible arrêt,
Il n'est prince, ni roi, dont la voix vous réponde ,
Ni demande à savoir pourquoi votre décret.

Juste , vous disposez de tout avec justice
Puissant , vous dédaignez de mettre en jugement
Celui que ne doit pas atteindre le supplice :
De la justice en vous est tout le fondement.

Vous pouvez envers tous avoir de l'indulgence,
Car vous avez sur tous un pouvoir souverain ;
Mais vous n'aimez en faire éclater la puissance
Que sur celui-là seul qui le juge incertain.

Des seuls récalcitrants vous confondez l'audace,
Vous jugez donc sans trouble, auteur de tout pouvoir !
Vous usez envers nous d'indulgence et de grâce
Car le pouvoir en vous ce n'est que le vouloir.

Par là vous instruisiez votre peuple, d'avance,
Qu'il devait être bon, droit et plein de douceur,
Et vous avez rempli vos enfants d'espérance
Parce que vous laissez un retour à l'erreur.

Si de vos serviteurs, avec tant de réserve
Vous avez châtié les cruels ennemis,
Leur donnant les moyens et le temps que conserve
Votre miséricorde aux pénitents soumis.

Quelle ne doit pas être, alors, votre prudence,
En jugeant des enfants dont les pères anciens
Ont reçu vos serments ; sceau de votre alliance,
Eux, à qui vous avez promis les plus grands biens !

Lors donc que vous voulez nous-même nous instruire,
C'est sur nos ennemis que tombent tous vos coups,
Afin que nous puissions de là même déduire
Jusqu'à quel point s'étend votre bonté pour nous :

Que , punis , nous ayons aussi recours vers elle ;
C'est ainsi qu'en jugeant les peuples qui s'étaient
Conduits d'une manière injuste et criminelle,
Vous les avez punis par ce qu'ils adoraient.

Comme ils s'étaient longtemps égarés dans leurs vices,
Adorant comme dieux des êtres méprisés ,
Et vivant en enfants qui suivent leurs caprices,
Vous les avez traités en enfants insensés.

Ceux que ne peut changer une telle menace,
Vous les avez frappés de tourments sérieux :
Ils s'indignaient de voir que pareille disgrâce
Leur arrivât par ceux qu'ils avaient crus des dieux.

Les voyant se changer en fléau redoutable,
Et servir d'instrument à leur perdition ,
Ils connurent enfin le seul Dieu véritable
Lorsqu'éclata sur eux l'extermination.

XIII.

Ils sont vains ceux qui n'ont pas de Dieu la science ;
En voyant les bienfaits de l'Être créateur
Ils n'ont pu s'élever jusqu'à sa connaissance,
A ses œuvres ils n'ont pas reconnu l'auteur !

Mais le feu, le vent, l'air, des étoiles chacune,
Ou des astres errants le cours harmonieux,
Ou l'abîme des eaux, le soleil ou la lune,
Pour gouverner le monde, ils les ont crus des dieux.

S'il les ont crus des dieux, séduits par l'apparence,
Combien n'est pas plus beau leur maître souverain,
Lui qui renferme en soi toute magnificence,
Tandis qu'eux, ils ne sont que l'œuvre de sa main !

S'ils en ont admiré la force et les merveilles,
Qu'ils apprennent de là tout ce qu'est le pouvoir
De Celui qui les fit : dans des œuvres pareilles,
L'ouvrier clairement pourra se faire voir.

Et ces erreurs, pourtant, ce sont les moins coupables ;
Peut-être en cherchant Dieu se sont-ils égarés.
Ils le cherchent, voyant ses œuvres admirables,
Et par tant de beautés se sentent attirés.

Point de pardon pour eux ! car s'ils ont pu connaître
Ainsi l'ordre étonnant qui règne en l'univers,
Il leur était aisé de supposer un maître
Qui dirige le cours de ces mondes divers.

Or, ils sont malheureux, et n'ont plus d'espérance,
Ceux qui nommèrent dieux l'or, la pierre et l'argent,
Qu'en formes d'animaux une habile science,
Façonna dans un but d'horrible aveuglement.

Si des arbres choisis par un artiste habile,
Sont coupés dans un bois, les ayant équarris,
Il choisit le plus droit pour quelque meuble utile,
Et, pour chauffer, dans l'âtre il jette les débris :

Mais le reste qui n'est bon pour aucun usage,
Bois noueux et tortu, qui se travaille mal,
Dans son désœuvrement il en sculpte un visage,
Celui d'un homme ou bien de quelque autre animal.

Il lui donne un enduit, le barbouille de rouge
Pour cacher les défauts qui se trouvent en lui;
Dans l'épaisseur d'un mur lui creusant quelque bouge,
Il l'y fixe avec soin sur un solide appui.

Sachant qu'il ne pourrait s'y soutenir lui-même,
N'étant qu'une statue, il lui faut un support:
Il va le consulter dans toute affaire extrême,
Et sur tout ce qui peut intéresser son sort.

Il parle avec un bois dépourvu de l'ouïe,
A celui qui n'est rien demande la santé;
Et, suppliant un mort de lui sauver la vie,
Il demande l'appui d'un bloc qu'il a sculpté.

On va le consulter au sujet d'un voyage,
Lui qui ne peut marcher! s'agit-il d'acquérir,
D'entreprendre une affaire ou quelque grand ouvrage,
On s'adresse à ce bois qui ne peut secourir.

XIV.

Celui qui sur les flots court affronter l'orage,
Sur un bois frêle, invoque un bois plus frêle encor;
D'un habile ouvrier, enfin, il est l'ouvrage,
Ce navire qui n'est dû qu'à la soif de l'or.

Il est conduit, ô Dieu, par votre providence
Qui lui trace, à travers l'immensité des eaux,
La route que l'on peut tenir en assurance
Si l'on veut échapper à la fureur des flots!

Faisant voir qu'avec vous il n'est point de détresse,
Et que, même sans art, ni secours étranger,
Guidé par votre main et par votre sagesse,
L'on peut voguer en paix, sans craindre aucun danger.

C'est pourquoi des mortels, sans crainte de leur vie;
Osent se confier aux planches d'un vaisseau,
Et parcourir des mers l'étendue infinie,
Franchissant mille écueils sur un mince radeau.

Quand vous fites périr une superbe race,
Un navire enferma l'espoir du genre humain,
Qui du monde devait repeupler la surface,
Et fut ainsi sauvé, conduit par votre main.

Il est béni, le bois qui sert à la justice!
Mais le bois dont on fait une idole est maudit
Ainsi que l'ouvrier: l'un l'est pour sa malice,
Et, qu'étant un vil bois, dieu pourtant l'autre est dit.

Dieu confond. en effet, dans une égale haine,
Et l'impie et l'objet de son impiété;
Aussi, se verront-ils confondus dans la peine;
Et l'un ne sera pas mieux que l'autre traité.

Aussi des nations périront les idoles,
Créatures de Dieu, que des sens renversés
Ont fait servir de piége à des âmes frivoles,
Dans lequel s'est pris le pied des insensés !

Des idoles, hélas ! la funeste pensée
Fut un commencement de prostitution :
De l'état de projet à l'action passée,
Ce fut du cœur humain la dépravation.

On ne voit pas de loin dater leur existence,
Comme elles n'auront pas un éternel destin ;
Ce fut la vanité qui leur donna naissance,
Voilà pourquoi bientôt l'on en verra la fin.

Un père, en sa douleur, fit retracer l'image
D'un fils ravi trop tôt : à cet aimé mortel,
Il voulut, comme à Dieu, par un excès d'hommage,
Au sein de sa famille, ériger un autel.

Dans la suite des temps, cette coutume impie
Prévalant, cet abus fut reçu comme loi ;
Ces idoles enfin, muettes et sans vie,
L'on dut les adorer par les ordres d'un roi.

Ne pouvant honorer en personne leur prince,
En raison de l'absence ou de l'éloignement,
Un fidèle portrait en voulut la province
Pour rendre, en son image, honneur au prince absent.

Des artistes encor, le travail admirable
Accrut beaucoup ce culte auprès des ignorants :
Chacun, à son client pour se rendre agréable,
Déployant en son art ses plus rares talents.

Séduit par la beauté d'une œuvre qu'on renomme,
Le vulgaire adora comme un être divin
Celui qu'auparavant il honorait comme homme !
C'est ainsi qu'en erreur tomba le genre humain.

C'est donc par un excès d'amour inconsolable
Ou bien pour se montrer trop complaisant aux rois,
Qu'on a donné le nom de l'incommunicable
Aux pierres, aux métaux, à des morceaux de bois.

Après avoir de Dieu méconnu la science,
Ils se sont égarés en de nouveaux forfaits :
Vivant dans les combats d'une telle ignorance,
Ils ont à tant de maux donné le nom de paix :

Faisant de leurs enfants d'odieux sacrifices,
Osant les immoler sans remords et sans peur;
La nuit, ayant recours à d'obscurs maléfices,
Et leurs veilles n'étant qu'un tissu de fureur;

Ils n'ont plus de respect, pas même pour la vie,
Ni pour la sainteté du lien conjugal;
Mais l'un donne la mort à l'autre, par envie,
Ou fait à son honneur un outrage immoral.

Tout est confusion, guerre, meurtre, parjure,
Ruse, infidélité, trouble, corruption,
Le vol, l'oubli de Dieu, des âmes la souillure,
Et des justes partout la persécution;

Abandon criminel à d'impudiques flammes,
Et, dans le mariage, un désordre sans frein;
De tous les maux, enfin, des idoles infâmes
Le culte est le motif, le principe et la fin.

Tous leurs plaisirs ne sont qu'ivresse et que folie;
Le mensonge est le fruit de leurs prédictions:
C'est dans l'iniquité que se passe leur vie:
Le parjure est un jeu s'il sert leurs passions.

Après avoir ainsi donné leur confiance
Aux idoles qui sont des simulacres vains ,
Ils osent se flatter de la fausse espérance
Que tous leurs faux serments ne seront pas atteints.

Mais de ce double crime ils porteront les peines
Parce que loin de Dieu tous se sont égarés
En transportant son culte à des idoles vaines ,
Que , contre la justice , ils se sont parjurés :

Ce n'est pas ceux à qui s'adressaient leurs parjures
Qui pourront à leur sort soustraire les pécheurs ;
Mais , quand il plaît à Dieu de venger ses injures ,
Son bras atteint toujours les prévaricateurs.

XV.

Mais vous , ô notre Dieu ! vous êtes véritable.
Toujours plein de douceur , de longanimité !
Vous avez tout réglé dans un ordre admirable ,
Et l'on voit éclater partout votre bonté !

Si nous avons du bien abandonné la voie,
Nous revenons à vous , sachant votre grandeur ;
Exempts de tout péché nous avons de la joie,
Certains qu'auprès de vous nous sommes en honneur.

Vous connaître, c'est donc la parfaite justice ;
Avoir la connaissance et de votre équité,
Et de votre pouvoir, c'est l'étoile propice
Qui seule peut conduire à l'immortalité.

Nous n'avons pas été séduits par la peinture,
Funeste invention des hommes imposteurs,
Ni par les agréments d'une vaine figure
Qu'on a su revêtir de diverses couleurs.

Et l'aspect d'une image insensible et sans vie
Au cœur de l'insensé porte la passion !
Bien digne de l'amour et des vœux de l'impie
Qui l'adore, ou la fait, ou l'aime sans raison.

Le potier dont la main presse une molle argile,
Lui donnant à son gré la forme qu'il lui plaît,
Fait un vase d'honneur, ou pour une fin vile,
Jugeant seul de l'emploi qui doit en être fait ;

Et, par un vain travail, de cette même boue
Il fait un Dieu ! lui qui naguère en fut formé
Et qui doit y rentrer, épave qui s'échoue,
Quand il rendra l'esprit dont il est animé !

Mais, sans souci du temps de sa rapide vie,
Ni des tourments affreux qui la suivront plus tard.
Il tâche de lutter avec l'orfévrerie
Qu'il prétend égaler par le fini de l'art.

Il a mis son orgueil en son travail stérile ;
La terre est son espoir, la poussière est son cœur ;
Moins vile que sa vie est son impure argile,
Car il a méconnu quel est son créateur !

Il ignore Celui qui lui donna la vie ;
Et lui communiqua le principe animal ;
Pour lui, ce n'est qu'un jeu ; mais son unique envie
C'est de l'or à tout prix, même au moyen du mal.

Qui fait de même boue ou le pot ou l'idole,
Celui là sait qu'il est, entre tous, criminel ;
Mais superbe, surtout, malheureux et frivole,
O Dieu, de votre peuple est l'ennemi cruel !

Car il a pris pour Dieu des idoles mesquines,
Ayant des yeux ouverts, et qui ne peuvent voir,
Oreilles sans ouie, et, sans flair, des narines ;
Des doigts sans le toucher, des pieds sans se mouvoir!

Un homme les a faits ! lui qui reçut une âme,
Il a formé ces dieux qui, malgré son effort,
Sont au-dessous de lui; car, de sa main infâme,
Mortel, il n'a formé qu'un ouvrage de mort !

Lui-même, il vaut donc mieux que les dieux qu'il adore;
Bien que mortel, au moins un peu de temps vit-il;
Eux n'ont jamais vécu : cependant il implore,
Parmi les animaux ce qu'on voit de plus vil.

De ces monstres abjects les figures étranges
A celui qui les voit inspirent de l'horreur :
Ainsi les nations ont donc fui les louanges,
La bénédiction, le culte du Seigneur !

XVI.

Ainsi, pour ces motifs, et pour d'autres semblables
Ils se sont dévoués à la punition;
Et c'est par le moyen d'insectes innombrables
Qui leur ont fait souffrir l'extermination.

Au lieu de châtiments votre main paternelle
De votre peuple heureux accomplit le désir,
En le rassasiant d'une viande telle
Que son goût l'appétait avec plus de plaisir.

Quand leurs tyrans frappés par votre main divine,
De leur propre existence abandonnant le soin,
Souffraient, par le dégoût, l'horreur de la famine,
Eux n'eurent à souffrir qu'un instant le besoin.

Il fallait, sur ceux-là punissant leurs injures,
Rendre ceux-ci témoins de leur funeste sort;
Des bêtes, eux aussi, reçurent les morsures,
De venimeux serpents leur donnèrent la mort.

Mais pour un temps bien court dura votre colère;
Vous les avez tirés de ce moment d'effroi,
En montrant à leurs yeux un signe salutaire
Qui les fit souvenir de garder votre loi.

Car, ô Sauveur de tous! c'était votre puissance
Qui guérissait, et non l'aspect d'un animal :
A nos tyrans, par là, vous donniez connaissance
Que c'est votre bras seul qui sauve de tout mal.

Pendant que les frélons avec les sauterelles
Unissaient leurs assauts pour leur donner la mort,
Rien ne les garantit contre leurs dents mortelles,
A cause qu'ils étaient dignes d'un pareil sort !

Mais quant à vos enfants, la dent pernicieuse
Des dragons venimeux ne les fit pas périr,
Grâce à votre bonté miséricordieuse
Qui veillait sur leur vie et daignait les guérir :

De leurs dents il est vrai qu'ils ressentaient l'atteinte,
Mais votre prompt secours les guérissait soudain
De peur que, par l'oubli de votre loi si sainte,
Ils ne connussent plus l'appui de votre main.

Ce ne fut point le suc d'une herbe salutaire
Qui les guérit, non plus qu'un remède apprêté;
Ce fut votre parole, ô Dieu tout débonnaire,
Qui seule donne à tous la vie et la santé.

Car vous avez, Seigneur, une puissance pleine
Sur la vie et la mort, la tombe et le berceau :
Aux portes du trépas c'est votre main qui mène,
Et qui ramène aussi des portes du tombeau.

Par sa méchanceté qu'un homme en tue un autre,
Son pouvoir ne peut rien changer à son destin ;
Mais il n'en sera pas, Seigneur, ainsi du vôtre!
Nul ne peut éviter votre pouvoir divin.

Sitôt que les méchants se sont montrés rebelles
Ils ont senti le poids de votre bras puissant.
Vous avez déchaîné contr'eux des eaux nouvelles,
Et la pluie, et la grêle, et le feu consumant.

Et, bien loin de l'éteindre (étonnante aventure!)
Au feu l'eau donnait même une nouvelle ardeur,
Leur faisant voir par là que toute la nature
Pour défendre le juste arme son bras vengeur.

Tantôt, pourtant, le feu calmait sa violence
Pour ne pas consumer les cruels animaux;
Ce qui leur démontrait que c'était par vengeance
Que Dieu faisait sur eux fondre tous ces fléaux:

Et tantôt, redoublant son ardeur dévorante,
Il ne trouvait dans l'eau que plus d'activité
Pour donner le trépas à la race insolente
Qui souillait le pays de son iniquité.

Cependant vos enfants mangeaient le pain des Anges,
Un pain qui leur tombait du ciel sans nul labeur,
Et qui suffisait seul aux goûts les plus étranges,
Ayant pour chacun d'eux une aimable saveur.

'11

A vos enfants, Seigneur, ce pain faisait comprendre
Combien grande pour eux était votre bonté,
Chacun y rencontrant, grâce à votre amour tendre,
Tout ce que souhaitait le plus sa volonté.

Cette neige bravait même la flamme ardente :
Quand de vos ennemis disparaissait l'espoir,
Sous la pluie embrasée, ou la grêle brûlante,
Pour vos amis le feu tempérait son pouvoir.

A vous, son créateur, toujours obéissante,
La nature aux pervers fait sentir son courroux ;
Elle se montre aussi douce et compatissante
Pour tous ceux qui n'ont eu confiance qu'en vous.

Cette manne, docile au vœu de votre grâce
Qui veille à notre vie et seule nourrit tout,
Renferme à volonté, sans qu'aucun ne s'en lasse
Tout ce qui peut le plus contenter chaque goût ;

Afin que vos enfants, chers à votre tendresse,
Apprissent bien plutôt à préférer aux fruits
Que la terre promet ceux que votre sagesse,
Pour les hommes soumis, elle-même a produits.

Car cette manne, enfin, qu'aucun feu ne dévore,
Un rayon de soleil la fondait sans retour,
Nous apprenant qu'il faut vous louer dès l'aurore,
Seigneur, et vous bénir dès le lever du jour.

Car de l'ingrat fondra l'espérance fragile
Comme fond au soleil la glace des hivers ;
Elle s'écoulera comme l'onde inutile
Qui court avec fracas se perdre au sein des mers.

XVII.

Vos jugements sont grands, Seigneur, et vos paroles
Ineffables ! de là vint l'aberration
Des pervers qui croyaient dans leurs projets frivoles,
Qu'ils pourraient asservir la sainte nation.

Et voilà qu'entourés d'impénétrables ombres,
Au milieu des horreurs d'une immobile nuit,
Ils sont emprisonnés dans leurs demeures sombres,
Esclaves fugitifs du Dieu qui les poursuit.

Ils se croyaient couverts du manteau de leurs crimes
Les voilà dans les plis d'un voile ténébreux,
Dispersés, confondus, et sont, pâles victimes,
Saisis d'un sombre effroi, d'un désespoir affreux.

Les plus profonds réduits, les plus sombres ténèbres
Ne les préservaient pas d'une horrible terreur ;
Un bruit qui descendait, des fantômes funèbres,
Les frappaient tour à tour d'épouvante et d'horreur.

Aucun feu ne pouvait répandre la lumière ;
Et des astres brillants les impuissants flambeaux
Ne pouvaient pénétrer cette nuit meurtrière,
Ni chasser de leurs yeux ces lugubres tableaux.

Il leur apparaissait une flamme subite
Qui, loin de les calmer, augmentait leur effroi,
Parce qu'ils croyaient voir, cette lueur maudite
Pour la réalité redoublait leur émoi.

Et ces savants, si fiers de leur sagesse feinte,
De l'art magique alors connaissent la valeur ;
Eux, qui disaient sauver les autres de la crainte,
Languissaient consumés par l'excès de la peur.

Le pas d'un animal, ou le bruit d'un reptile
Suffisait, à défaut d'affreuses visions,
Pour leur communiquer un tremblement fébrile,
Et pour renouveler leurs appréhensions.

Leur voix leur faisait peur, jusqu'à leur souffle même ;
Le méchant se trahit par sa timidité,
Car il pressent toujours quelque péril extrême
Tout prêt à le punir de son iniquité.

La peur n'est que l'aveu d'une âme abandonnée ;
Plus est faible l'appui qu'elle trouve dans soi
Et plus grand est aussi pour cette infortunée
Le sentiment des maux qui causent son effroi.

Eux, dans le lourd sommeil de cette nuit horrible
Qui surgit tout à coup du gouffre des enfers,
Tantôt ils s'effrayaient d'un fantôme terrible,
Et tantôt défaillaient dans leurs esprits pervers.

Enveloppé soudain d'une nuit imprévue,
Quiconque à cet état se voyait condamné
Gisait en sa prison, d'entraves dépourvue,
Comme si d'un lien il y fût enchaîné.

Et, tout homme des champs, cultivateur ou pâtre,
Par la nécessité s'il se trouvait surpris,
Des ténèbres soudain le voile opiniâtre
Le saisissait, tremblant, dans ses lugubres plis.

Du murmurant zéphir l'haleine printanière,
Et, dans les arbres verts, le doux chant des oiseaux,
Et le bruit d'un torrent, la chute d'une pierre,
Et l'invisible accès des joyeux animaux ;

Et l'écho résonnant dans le creux des montagnes,
Et des hôtes des bois les tristes hurlements
D'épouvante glaçaient les peuples des campagnes,
Et portaient dans leurs cœurs un morne accablement.

Partout ailleurs régnait une lumière pure,
Et, sans trouble, chacun vaquait à ses travaux ;
Eux seuls étaient plongés dans une nuit obscure,
Et leur frayeur encore augmentait tous leurs maux.

XVIII.

Pour vos enfants, Seigneur, la lumière était vive ;
Ceux-là les entendaient, mais ne pouvaient les voir :
Préservés des malheurs d'une race oppressive,
Ceux-ci rendaient, Seigneur, gloire à votre pouvoir.

Ils vous louaient d'avoir mis fin à leur souffrance
En rendant impuissants leurs cruels oppresseurs ;
Ils suppliaient aussi, Seigneur, votre clémence
D'empêcher le retour de semblables malheurs.

Vous mîtes devant eux une éclatante nue
Qui, brillant à leurs yeux, à l'égal du soleil,
Les conduisait ainsi, dans la voie inconnue
Qu'ils parcouraient sans crainte, en la suivant de l'œil.

Mais ceux-là n'étaient pas dignes de la lumière,
Qui tenaient vos enfants dans la captivité;
Eux par qui commençait à briller sur la terre
L'incorruptible éclat de votre vérité.

Quand ils tramaient la mort des fils de vos servantes,
Un seul, pour leur malheur, fut arraché des eaux;
Et leurs fils ont péri par des morts violentes,
Eux-mêmes se sont vus engloutis par les flots.

Cette nuit fut d'avance annoncée à nos pères
Pour qu'ils pussent juger du poids de vos serments
En voyant à la fois la fin de nos misères,
Et la destruction complète des méchants.

Pendant que leurs tyrans expiaient leurs sévices,
Vous éleviez aussi vos enfants en honneurs;
Les justes, en secret, offraient leurs sacrifices,
Et partageaient entr'eux les biens et les malheurs.

De leurs aïeux pendant qu'ils chantaient les cantiques
Ils entendaient les cris et les gémissements
De leurs tyrans en deuil sur les destins tragiques
Dont vous aviez frappé la fleur de leurs enfants.

Et tous étaient atteints de châtiments semblables,
Et le maître et l'esclave, et le peuple et le roi;
Leurs yeux épouvantés, sur ces morts innombrables,
Tous de même frappés, erraient avec effroi.

Pour rendre à tant de morts le service suprême,
Le nombre des vivants ne leur suffisait pas;
Car de la nation c'était l'élite même
Qu'enlevait à la fois un semblable trépas.

Trompés par leurs devins, à tout autre miracle
Ils avaient été sourds; mais après qu'eut eu lieu
De tous leurs premiers nés l'effroyable débâcle,
Nous fûmes reconnus pour le peuple de Dieu.

Lorsque régnait partout un paisible silence,
Et que la nuit était au milieu de son cours,
Soudain, du haut du ciel, l'Ange de la puissance
Sur eux, comme l'éclair, fond et tranche leurs jours.

Exécutant du ciel l'arrêt irrévocable,
Sous les coups redoublés de son glaive mortel
Il répand en tous lieux un carnage effroyable ;
Et, debout sur la terre, il atteint jusqu'au ciel.

Sans relâche troublés par des songes terribles,
Et sans cesse agités de soudaines frayeurs,
Ils avouaient enfin dans des transes horribles,
La cause qui sur eux attirait ces malheurs.

Leurs tristes visions étaient comme une preuve
Qui leur avait fait voir la cause de leurs maux :
Aux justes, il est vrai, parvint aussi l'épreuve,
Et le peuple, au désert, fut frappé de fléaux :

Mais longue ne fut pas, Seigneur, votre colère,
Car un saint se hâta d'intercéder pour eux,
Sans autres armes que son ardente prière
Qu'il fit, avez l'encens, monter jusques aux cieux.

Il fit cesser ainsi cette épreuve cruelle,
Faisant voir qu'il était votre vrai serviteur ;
Ce ne fut pas le fer, la force corporelle
Qu'il voulut opposer à l'exterminateur.

S'il désarma, Seigneur, vos fureurs vengeresses,
Ce fut par sa parole, en invoquant pour eux
Les serments solennels et les saintes promesses
Que vous aviez jadis faites à leurs aïeux.

Lorsque gisaient déjà des monceaux de victimes,
Il vint s'interposer pour eux auprès de Dieu;
A ceux que n'avaient pas engloutis les abîmes
De se communiquer il empêcha le feu.

De sa robe de lin il couvrait tous ses frères;
Des pères des tribus, sur son saint pectoral,
Les noms étaient gravés sur quatre rangs de pierres,
Sa tiare portait votre nom triomphal.

A cet aspect, soudain frémissant d'épouvante,
Le fer tomba des mains de l'exterminateur;
Et, pour eux, en effet, elle était suffisante,
La leçon que donnait votre juste fureur.

XIX.

Mais sur leurs ennemis l'implacable colère
Sans relâche frappait ! loin de la voir finir,
Chaque instant, au contraire, augmentait leur misère,
Dès longtemps le Seigneur savait leur avenir.

Ils avaient aux Hébreux accordé leur sortie ;
Ce départ leur causait un grand contentement ;
Mais leur frayeur s'étant tout à coup ralentie,
Ils vont à leur poursuite avec acharnement.

Le deuil était encore empreint sur leur visage,
Aux tombeaux de leurs morts, leurs regrets toujours vifs,
Quand, saisis de vertige, ils courent avec rage
Poursuivre leurs rivaux comme des fugitifs :

Car ils étaient poussés par une main puissante
Qui, pour mettre le comble à leur punition,
Leur faisait oublier leur misère récente,
Et les précipitait à leur perdition.

Et pendant que le peuple, à vos ordres fidèle,
Vous le faisiez passer miraculeusement ;
Eux, trouvaient une mort d'une espèce nouvelle,
Digne punition de leur aveuglement.

Alors on vit aussi, dans toute la nature,
Surgir à votre voix un ordre tout nouveau
Afin que le secours de chaque créature
Concourût au salut de votre cher troupeau.

Sur leur camp une nue étendait son ombrage ;
L'eau s'enfuit en laissant la terre à découvert,
La Mer Rouge pour eux mit à sec un passage,
Et l'abîme devint un gazon tendre et vert.

Là passa tout le peuple , admirant les merveilles
Que pour eux opérait votre bras glorieux ,
Bénissant et chantant vos œuvres sans pareilles ,
Sautant et bondissant dans leurs transports joyeux :

Et , dans leurs souvenirs ils rappelaient encore
Tout ce qu'ils avaient vu chez les Egyptiens ;
Combien , au lieu de fruits , le sol faisait éclore
De frêlons ; et les eaux, d'impurs batraciens.

Plus tard , lorsque pressés par la concupiscence ,
Ils voulurent des mets à leurs palais plus chers ,
Ils virent des oiseaux de nouvelle apparence
Que Dieu leur envoya de par delà les mers.

Les pécheurs , cependant, par l'éclat des colères
Ne furent pas surpris , car ils avaient été ,
D'avance, prévenus par d'horribles tonnerres,
Et tout ce qu'ils souffraient ils l'avaient mérité.

De l'hospitalité violant l'habitude,
Plus cruels que Sodôme où les durs habitants
Chassaient les inconnus ; eux , dans la servitude
Avaient même réduit des hôtes bienfaisants.

Et pour cela du feu Sodôme fut la proie :
Mais eux, ils se plaisaient à réduire aux abois
Ceux qu'ils avaient jadis accueillis avec joie,
Qui vivaient avec eux , soumis aux mêmes lois.

Et , comme les premiers, à la porte du juste,
Ils furent, eux aussi, frappés d'aveuglement,
De sorte que chacun , voyant non plus qu'un buste,
Ne pouvait plus trouver son propre logement.

Les éléments entr'eux changèrent l'ordre antique ;
Sans que ce changement à l'harmonie ait nui ;
Mais comme fait parfois l'instrument de musique,
Quand un ton est changé , tous changent avec lui.

C'est ce qu'on vit alors. Ce qui marchait sur terre
Se trouva dans les flots ; ce qui nageait, aux champs ;
Le feu brûlait dans l'eau contre son ordinaire ;
Et, pour éteindre, l'eau n'avait plus de penchants.

Le feu ne nuisait pas à la chair si peu dure
Des animaux que Dieu conduisait comme à l'œil ;
Il ne consumait par l'exquise nourriture
Qui fondait comme neige aux rayons du soleil.

C'est ainsi qu'on vous vit, en toute circonstance,
Honorer et venger votre peuple, ô mon Dieu !
Sans jamais l'oublier, lui prêtant l'assistance
De votre bras puissant, en tout temps, en tout lieu.

FIN.

TABLE.

Tours, imp. Ladevèze.

ERRATA

Page 6, v. 7, *au lieu de* : trois cents, *lire* : cinq cents.

Page 9, v. 17, *au lieu de* : près d'eux paissaient vos ânes, *lire* : vos bœufs labouraient ; près d'eux paissaient vos ânesses. *Ou bien seulement* : là, paissaient vos ânesses.

Page 27, v. 13, *au lieu de* : partez, *lire* : parlez.

Page 46, v. 21, *au lieu de* : yeux, *lire* : vœux.

Page 51, v. 16, *au lieu de* : nous, *lire* vous.

Page 64, v. 7, *au lieu de* : à vous, *lire* : en vous.

Page 79, v. 13, *au lieu de* : l'effroyable, *lire* : le funeste.

Page 90, v. 12, *au lieu de* : un abri, *lire* : des abris.

Page 101, v. 6, *au lieu de* : vient, *lire* : vint.

Page 105, v. 4, *au lieu de* : amis, *lire* : a mis.

Page 107, v. 12, *au lieu de* : autre être, *lire* : autruche.

Page 113, v. 4, *au lieu de* : début, *lire* : débat.

Page 117, v. 18, *au lieu de* : pour, *lire*, pur.

Page 132, v. 16, *au lieu de* : l'ours, *lire* : l'ourse.

Page 163, v. 6, *au lieu de* : Mugeddo, *lire* : Mageddo.

Page 226, v. 7, *au lieu de* : nouvelles merveilles, *lire* : justes représailles.

Page 238, v. 13, *au lieu de* : Charonis, *lire* : Charcamis.

id.   v. 16, *au lieu de* : Damus, *lire* : Damas.

Page 258, v. 5, *au lieu de* : pensées, *lire* : pensers.

Page 260, v. 5, *au lieu de* : connu, *lire* : conçu.

Page 261, v. 5, *au lieu de* : fier, *lire* : fuis.

Page 283, v. 4, *au lieu de* : cour, *lire* : cœur.

Page 285, v. 11, *au lieu de* : les, *lire* : tes.

Page 338, v. 18, *au lieu de* : sceptre, *lire* : spectre.

Page 357, v. 18, *au lieu de* : fais, *lire* : lis.

Page 376, v. 4, *ajouter* : Et du commencement du vers.

www.ingramcontent.com/pod-product-compliance
Lightning Source LLC
Chambersburg PA
CBHW050303030726
47505CB00003B/548